곽재식

크리처스

1 장인 편 上

신라괴물해적전

곽재식×정은경×안병현

크리처스

곽재식

크리처스

1 장인 편 上

신라괴물해적전

곽재식×정은경×안병현

0

"별빛이 아름다우니 해적질하기 좋은 날이구나."

철불가가 밤하늘을 보며 웃었다.

"해적한테 죽기 좋은 날이겠죠! 말이 되는 소리를 하시라고요!"

나는 울분에 가득 차 말했다.

별이 빛나는 밤하늘 아래, 나와 철불가는 목에 올가미를 건 채 해적선 난간에 위태로이 섰다. 양손은 등 뒤로 포박당했고 두 발도 밧줄로 묶인 상태였다. 발밑을 보니 시꺼먼 바다에서 창처럼 뾰족하고 긴 뿔을 가진 괴물 물고기들이 우리가 떨어지기를 기다리고 있었다. 놈들은 피에 굶주린 상어처럼 우리를 찔러 죽이려고 펄떡펄떡 바다에서 뛰어올랐다.

밧줄을 끊으면 괴어怪魚의 뿔에 찔려 죽고, 밧줄을 당기면 목이 졸려 죽을 상황. 어쩌다 철불가와 엮여 죽게 되었단 말인가. 이 마당에도 저자는 휘파람이나 불며 별 구경을 하고 있으니, 답답할 노릇이다.

열일곱일 뿐인 내가!

평범하고 나름 선량하게 살아왔던 내가!

덕담꾼*으로 인기를 얻고 싶었을 뿐인 내가!

어찌하여 죽게 되었는지 그 억울하고 구슬픈 덕담*을 그대들에게 들려드리겠다.

이 덕담에는 그대가 상상도 못 할 기이한 괴물과 천하의 바다를 주름잡는 해적들이 나온다. 그리고 다시는 상종하고 싶지 않은, 빌어먹을 만큼 잘생긴 남자와 심장을 간질이는 첫사랑과 재능은 출중하나 빛을 보지 못하고 죽게 될 덕담꾼 소년도.

궁금하다면 부디 다음 장을 넘겨 주길 바란다.

시뻘건 피가 뚝뚝 떨어지고, 거친 바닷바람이 느껴지는, 기상천외한 나의 마지막 덕담이 시작될 테니.

---

* 덕담꾼: 웃기는 이야기를 들려주거나 공연을 하는 광대 또는 배우.
* 덕담: 광대, 배우가 공연에서 들려주는 웃기는 이야기.

1

커다란 무역선 한 척이 푸른 바다를 가르고 있었다. 배는 머나
먼 서역*에서 출발해 신라로 가는 길이었다. 신라는 바다 건너 먼
나라에까지 화려한 귀족 문화를 가진 곳으로 알려져 황금의 나라
로 불렸다. 때문에 신라의 황금과 비단은 비싼 값에 팔 수 있었고
그만큼 노리는 자들도 많았다.

'후후. 몇 달 만에 가는 신라인가.'

비단옷을 입은 무역상이 뱃머리에 선 채 감회에 젖었다. 신라에
들여갈 비싸고 진귀한 물건을 구하는 데에 꼬박 반년이 걸렸다. 오
늘은 다행히 하늘이 푸르고 날도 좋아 바다 멀리까지 한눈에 보였
다. 해적이 들끓는다는 소문에 지레 겁을 먹었지만, 새 한 마리 보

---

* 서역: 서쪽 지역이라는 뜻으로, 동아시아 서쪽에 있던 여러 나라를 통틀어 이르는 말.

이지 않을 만큼 바닷길은 평온했다.

"바람이 좋으니 속력을 높여라. 네놈들이 빨리 움직이면 하루면 신라에 당도할 것이다!"

선장의 지시에 선원들은 항해에 박차를 가했다. 선원들은 큰 소리로 노동요를 부르며 맡은 일을 했다.

"어허, 조심하시게. 비키시오, 비켜!"

잡부들은 무거운 궤짝을 나르며 자기들끼리 소리를 쳤다. 무역상은 신라에 도착하면 잡부들에게 일한 삯은 물론이고 고깃국에 술 한 잔씩 돌리겠다고 약속했다. 뜨끈한 고깃국을 먹을 생각에 잡부들은 무거운 줄도 모르고 짐을 날랐다. 손에서 손으로 무거운 궤짝이 출렁이며 옮겨졌다. 어찌나 많은 보물이 담겨 있는지, 채 닫히지 않은 뚜껑 아래로 눈부신 보석들이 보였다.

저것들을 구하느라 얼마나 고생했던가. 무역상은 동산 같은 뱃살을 토닥이며 자신의 지난 여정을 음미했다.

그때 배 끝에서 멀미를 하던 남자 하나가 비틀비틀 이쪽으로 다가오다 잡부들 사이로 옮겨지던 궤짝과 부딪혔다. 바닥에 널브러진 궤짝의 뚜껑이 열리며 보물이 와르르 쏟아지자, 잡부들의 눈이 휘둥그레 커졌다. 빛나는 사금과 영롱한 진주와 유리병, 부드러운 비단까지 진귀한 보물이 가득했다.

"거참! 조심 좀 하시오!"

무역상이 남자에게 성을 냈다.

"아이고, 미안하오."

멀미를 하던 남자는 옥수수 털처럼 긴 수염에 머리에는 두건을 쓰고 있었다. 남자가 바닥에 떨어진 진주알을 주워 궤짝에 넣어 주며 말했다.

"배를 오랜만에 타다 보니 속이 요동치는구려. 우웨에엑."

남자가 보물이 든 궤짝에 대고 속을 게워 내려 하자 무역상이 남자를 밀쳤다.

"어디 이 귀한 물건에 토하려고 하는 게요? 저리 가시오! 가!"

"미… 미안하… 오에에엑!"

남자는 토악질을 하며 난간으로 달려갔다. 남자가 난간 너머로 고개를 빼고 바다를 내려다보자, 푸른 바다에 씨익 남자의 웃는 얼굴이 비쳤다. 남자는 다시 한 번 웨엑 소리를 내며 소매 안에 슬쩍했던 것을 꺼내서 보았다. 유리로 된 호리병이었다. 조금 전 토하는 척하며 몰래 집어 든 것이었다. 햇빛이 닿을 때마다 무지개처럼 색을 달리하며 빛나는 것이 신비로웠다. 숙련된 유리 공예 장인이 만든 물건 같았다. 제대로 골랐구나! 남자는 소매로 입가를 닦는 척하며 절로 나오는 웃음을 가렸다.

"이렇게 바람이 좋은 날엔 해적이 출몰한다던데 괜찮을깝쇼?"

할 일을 마친 잡부가 무역상에게 물었다.

"걱정 마시오. 이 바닷길은 해적도 모르는 길이라오."

멀미를 하던 남자가 어느새 나타나 말했다.

"뉘신데 자꾸 끼어드는 게요?"

무역상이 짜증스럽게 물었다.

"공부나 하던 한량이지요. 서역에서 공부를 하다 가업을 이으려 신라로 돌아가는 길이라오. 부친께서 글자 나부랭이나 외울 시간에 집에 쌓아 둔 금궤나 닦으라고 하시지 뭐요. 하도 안 써서 먼지가 잔뜩 쌓였다면서요, 허허."

"그 가업이란 게 대체 무엇인데 그러오?"

이 허름하게 생긴 놈이 부잣집 자제란 말인가, 무역상은 놀라 눈을 동그랗게 떴다.

"별것 아닙니다. 그저 자기나 비단, 보석 같은 것을 사들이는 일이지요. 아까 그 궤짝에 잔뜩 들어 있던 진주나 보석 같은 것들 말입니다. 부끄럽게도 부친께선 금 쓰는 일에 중독되어 진귀한 물건이라면 무엇이든 곱절씩 주고 사들이신답니다. 그런 것들보다는 금이 더 귀한 것이라 해도 듣지를 않으시니. 써도 써도 마르지 않는 금이 원통할 따름입니다."

남자는 수염을 쓰다듬으며 진심으로 애통한 표정을 지었다.

"아, 아니. 제가 귀하신 분을 몰라뵈었습니다. 혹시 부친께 제가 들여온 상품을 보여 드릴 수 있겠습니까?"

"신라에 도착하는 즉시 제게 물건들을 맡겨 주시오. 그리하면 부친께 보여 드리겠소. 금을 못 써 안달 나신 분이니 다른 곳의 세 곱절은 쳐주실 겁니다."

"감사합니다! 나으리."

무역상은 두툼한 뱃살 때문에 굽혀지지도 않는 허리를 숙였다.

됐다! 남자는 속으로 쾌재를 불렀다.

그때, 피융! 무역상 옆으로 갈고리가 날아와 돛대에 박혔다.

"무… 무슨 일이냐?"

무역상이 돌아보았다. 저쪽에서 갈고리 여러 개가 날아와 투두
둑 무역선에 박혔다. 어느새 뒤에서 나타난 해적선에서 줄이 달린

갈고리를 화살로 쏘아 대고 있었다.

"나리, 해적이 나타났습니다!"

잡부가 외쳤다.

"걱정 말거라. 우리 배가 훨씬 크다!"

무역상이 두툼한 배를 내밀며 말했다. 실제로 무역선이 해적선의 두 배 이상 컸다. 그러나 위풍당당한 해적선은 한 척이 아니었다.

"이를 어쩝니까! 해적선이 하나… 둘… 셋… 아이고, 열 척이 넘습니다!"

"괘… 괜찮다. 해적이라고 해 봤자 무식한 도적 떼일 뿐이야! 저 승사자 흑삼치만 아니면 해볼 만하다!"

무역상이 말했다.

해적선 뱃머리에 해적 두목이 나타났다. 짧게 자른 머리에 반은 삭발을 한 여자였다. 눈가는 까맣게 칠했고, 삭발을 한 머리에는 물고기 문신이 있었다.

긴 칼로 바닥을 짚고 선 그자가 바로 저승사자로 불리는 해적, 흑삼치였다.

흑삼치는 신발에 차고 있던 검은색 단도를 꺼내 무역선으로 던졌다. 단도가 날아와 뱃머리에 나와 있던 선장의 목에 푹 박혔다.

"으윽……."

선장이 비명도 지르지 못하고 피를 뿜으며 쓰러졌다.

"히익! 저승사자다! 저승사자 흑삼치가 나타났다!"

"저승사자가 선장을 죽였다!"

무역선의 선원과 잡부들은 질겁해서 소리쳤다.

이젠 정말 망했구나! 무역상은 실로 그렇게 생각했다.

흑삼치가 손가락으로 휘파람을 삐익 불자 해적선에 깃발이 올라갔다. 바람이 불자 접혀 있던 깃발이 펼쳐지며 검은색 물고기, 흑삼치 그림이 보였다. 그림 속 흑삼치의 비늘은 무엇이든 뚫어 버릴 듯 단단하고 뾰족했으며, 길게 뻗은 지느러미는 칼처럼 위협적으로 보였다. 바람에 깃발이 펄럭이자 그림 속 흑삼치가 펄떡펄떡 살아 헤엄치는 것 같았다.

흑삼치가 이끄는 해적선에는 배마다 덩치 큰 해적들이 열댓씩 타고 있었다. 해적들은 검은 옷을 입고 검은 천으로 입을 가리고 있어 정말 저승사자 떼 같았다.

"값비싼 쥐가 고양이 굴로 들어왔구나."

흑삼치가 말했다.

"고양이 굴이 아니라 저승 굴에 온 것 아니겠소? 두령에게 걸렸으니 말이오!"

"견명(누에로 만든 솜)에 비단에 진주에… 배에 실은 물건을 보니 입에 이승 고기 좀 들어가겠습니다! 하하하."

흑삼치가 입을 열자 한참 연배 있는 남자들이 경쟁하듯 나섰다.

"저런 조무래기는 저희가 알아서 사냥해 오겠습니다."

"아니다. 크든 작든 사냥에는 두령이 앞에 서야 하는 법. 쥐 잡을 시간이다! 시작해라!"

"예, 두령!"

흑삼치의 명령에 남자들은 금세 고개를 조아렸다. 흑삼치는 다른 조무래기 해적과 달리 부하들을 군대처럼 조직적으로 통솔했고, 그 덕에 흑삼치네 해적은 일대 바다에서 가장 큰 무리로 성장했다. 이를 잘 알고 있기에, 부하들은 연령과 성별을 떠나 흑삼치를 깍듯하게 모셨다.

해적들이 기합을 넣으며 갈고리에 걸린 줄을 잡아당겼다.

무역선에 박힌 갈고리가 쭉 당겨지며 무역선이 줄다리기에 진 아이처럼 힘없이 끌려왔다. 해적들은 오늘 사냥도 금방이겠구나 생각했다. 그자가 나타나기 전까지는.

무역선에 걸린 줄이 팽팽팽 소리를 내며 차례로 끊어졌다. 그 틈에 무역선이 뒤로 방향을 틀더니 속력을 높여 달아나기 시작했다.

해적들은 당황했다.

"쥐가 달아난다!"

"잡아라! 빨리 잡아!"

무역선 주제에 감히 흑삼치의 손아귀에서 벗어나려 하다니. 흑삼치는 맨손으로 돛대를 타고 올라갔다. 돛대 위에 서니 무역선이 훤히 내려다보였다.

"우엑 웨에엑."

무역선에서 웬 남자가 더럽게 토악질을 하며 갈고리의 줄을 모조리 끊고 있었다. 심지어 토하는 척 이리저리 비틀거리며 돛에 달린 줄을 자유자재로 잡아당겨 배를 조종했다. 그는 바람의 반대 방향에 맞춰 줄을 잡아당겼는데, 그러면 바람에 돛이 부풀어 배를 갈지² 자로 움직일 수 있었다.

'밧줄 몇 개로 역풍을 이용해 배를 몰다니. 보통 놈이 아니다.'

흑삼치는 살육을 즐겼으나 해적 두령으로서 권위를 지키기 위해 아무나 죽이지는 않았다. 부하들에게도 승리가 확실할 때는 인질로 잡힌 자도 죽이거나 해하지 않도록 명했다. 때문에 평소라면 배에서 토악질이나 하는 남자는 칼을 쓸 줄 모르는 자이니 죽이지 말라고 했겠지만, 이번에는 생각이 달랐다. 역풍을 이용해 배를 모는 것은 그토록 두려운 이름, 장보고 정도가 아니면 불가능했다.

'살려 두면 위험하다.'

흑삼치는 본능적으로 느꼈다.

"저놈을 죽여라."

흑삼치가 눈을 가늘게 뜨고 말했다.

해적 셋이 줄을 감아쥐고 무역선으로 뛰어내렸다. 무역선에 착지한 해적들은 멀미하는 남자에게 칼과 창을 휘둘렀다.

"우에엑!"

남자가 방향을 바꿔 해적들의 얼굴에 토하려고 하자, 해적들은 '어으 더러워!' 하는 표정을 지으며 뒷걸음쳤다. 남자는 자신의 몸 하나 주체할 수 없다는 듯 휘청대며 해적 한 놈의 발을 걸어 넘어 트리고, 두 번째 해적을 들어 바다로 던지고, 세 번째 해적의 칼을 빼앗아 쓰러트렸다. 순식간에 해적 셋이 당했다.

"저런 미련한 놈들!"

보고 있던 흑삼치가 직접 나섰다. 흑삼치는 돛대 위에서 줄도 없이 맨몸으로 무역선으로 뛰어들며 남자를 걷어찼다. 흑삼치의 강한 발길질에 남자가 뒤로 나동그라졌다.

흑삼치는 몇 배나 덩치 큰 남자도 이길 정도로 힘이 셌다. 매일 배에서 부하들과 맨손 격투를 하기에 가능한 일이었다. 아직 맨손 격투에서 흑삼치를 이긴 부하는 아무도 없었다. 그렇게 단련한 주먹은 굳은살이 박여 가죽 장갑을 낀 것처럼 거칠었고, 흑삼치의 허리와 다리 근육은 조각상처럼 단단했다. 강한 힘은 그녀가 해적 두령이 된 수많은 이유 중 하나였다.

"아고고 다리야, 아이고 허리야."

남자는 넘어진 채로 미꾸라지처럼 도망쳤다. 흑삼치는 날쌔게 달려가 남자의 두건을 잡아챘다. 두건이 벗겨지며 머리 가죽이 죽 벗겨졌다. 가발이었다.

"어라?"

흑삼치는 남자의 수염도 잡아당겼다. 부욱 덥수룩한 수염이 뜯

어지고 날카로운 턱선에 짧고 거친 턱수염, 높은 콧날과 깊은 눈매가 드러났다. 웬만해선 잊을 수 없는, 특히 흑삼치에겐 절대 잊을 수 없는 얼굴이었다.

"철.불.가! 네놈을 여기서 볼 줄이야."

흑삼치가 떨리는 목소리로 말했다.

"철불가? 절대 죽지 않아 철로 된 불가사리 같다 해서 철불가사리라 불린다는 그 작자 말입니까?"

"잘려도 몸이 돋아나는 불가사리처럼 팔 하나를 잘라도 금방 자란다던 그 철불가 말이오? 벌써 열 번째 팔이 돋아났다는?"

"만 년째 살고 있다는 그놈이라고요?"

흑삼치의 부하들이 놀라서 물었다.

"에이, 내가 대단하긴 하지만, 만 년 막 그 정도는 아니라네."

상황 파악도 못 하고 철불가는 겸손한 척 손사래를 쳤다.

밝혀진 그의 이름에 무역상과 잡부들도 수군거렸다.

"금 많은 집 자식이라며!"

무역상은 배신감에 소리쳤다.

"후후, 미안하게 됐소. 어쨌든 손해 본 건 없잖소."

철불가는 머리를 긁적였다. 서역에서도 사기를 치다가 쫓겨나 돈 많은 무역상을 보고 몰래 무역선에 탔던 터였다. 신라로 가는 길에 한몫 잡나 했더니 흑삼치에게 발목이 잡혀 정체가 탄로 나고 만 것이다.

흑삼치는 허리춤에 차고 있던 긴 칼을 꺼내 들었다.

"잡은 인질 중에 좋은 칼을 만드는 명장이 있었다. 그자를 시켜 특별히 칼 하나를 만들게 했지. 칼을 완성했을 때, 이 칼로 제일 먼저 그 명장을 베었다. 다른 자들에게 이런 칼을 또 만들어 주면 안 되니까 말이야. 과연 단번에 뼈까지 베어지는 것이 명검이더군."

흑삼치는 서늘하게 빛나는 칼날을 손끝으로 훑었다. 칼날에 베인 손가락에서 시뻘건 피가 흘러내렸다. 흑삼치는 눈 하나 꿈쩍 않고 말을 이었다.

"그날 나는 칼에게 맹세했다. 반드시 네놈의 피를 먹이겠노라고. 그래서 칼의 이름을 철살도라 지었다. 철불가 네놈을 살생하는 칼이란 뜻으로 말이다."

흑삼치가 칼날을 철불가에게 향하며 비장하게 말했다. 그 자리에 있던 몇몇 사내들은 찔끔 바지춤을 적실 정도였다. 철불가도 칼날을 한번 스윽 쳐다보고는 손사래를 쳤다.

"어허. 그러게, 친구 좀 만들라니까. 얼마나 말할 상대가 없으면 칼한테 이름을 붙이고 그러나. 해적 두목이란 사람이 모양 빠지게 칼이랑 약속이나 하고, 어디 그게 할 짓인가."

"시끄럽다!"

"이보게, 내가 왜 철불가인지 잊었나? 한데 그깟 칼로 날 죽이겠다? 꿈도 참 야무지군."

"예로부터 꿈은 이뤄야 제맛이라고 했다. 오늘 널 죽이는 꿈 한번 이뤄 보자꾸나! 하!"

흑삼치가 칼을 휘두르며 철불가에게 몸을 날렸다.

철불가는 몸을 굴려 뒤로 물러섰다.

서걱. 철불가의 머리카락이 간발의 차로 잘려 나갔다. 흑삼치의 빼어난 칼 솜씨 역시 그녀를 해적 두목으로 만든 여러 이유 중 하나였다.

철불가가 옷 아래 숨겨 둔 쇠뇌를 꺼내 금속 방아쇠를 당겼다. 쇠뇌에 꽂혀 있던 화살이 흑삼치의 눈으로 날아갔다.

흑삼치는 눈앞까지 날아온 화살을 철살도를 휘둘러 튕겨 냈다.

쇠뇌는 활에 쇠로 된 발사 장치를 단 무기로 빠르고 강한 사격이 가능했다. 철불가의 쇠뇌는 앞부분에 솔개 머리를 조각해 놓아 날개를 활짝 펼친 솔개처럼 보였다.

"나도 물건에 이름 붙이는 게 취미인데 말이야. 이 녀석 이름은 솔개날이라고, 들어 본 적 있을 거야."

"소, 솔개날!"

흑삼치의 부하들이 뒷걸음치며 되뇌었다. 솔개날을 본 해적들은 살아남지 못한다는 소문이 돌았던 것이다. 방아쇠를 당기면 솔개날이 진짜 솔개처럼 살아 움직여 적의 모가지를 움켜쥔다고 했다. 또 솔개날로 쏜 화살은 어디로 도망가든 쫓아가 심장을 꿰뚫는다고도 했다. 과장된 이야기였으나 실제로 솔개날을 본 해적들은 모두 화살에 맞아 죽었으니 소문은 어느 정도 사실인 셈이었다.

철불가의 눈빛이 서늘하게 변했다. 느물느물 웃음기 가득한 얼굴이 사냥에 나선 솔개처럼 차갑게 바뀌었다. 철불가는 방아쇠를 당겨 흑삼치에게 화살을 연달아 쏘았다.

흑삼치는 솔개날에서 날아오는 화살을 피해 해적선으로 후퇴했다. 흑삼치가 배로 돌아오자 부하들이 창과 화살을 무역선으로 날렸다. 무역선의 잡부와 선원들은 화살과 창을 맞고 쓰러졌다.

"배를 부숴라!"

흑삼치의 부하들이 모는 해적선 세 척이 무역선을 포위하며 다가갔다.

"살려 주시오, 철불가 님! 살려만 주면 뭐든 하겠소! 보물이고 뭐고 다 가져가시오."

무역상이 철불가의 바짓단을 잡고 애원했다.

"그 약속 절대 잊지 마시오."

철불가는 씩 웃었다. 철불가의 잘생긴 미소에 무역상마저 가슴이 떨릴 뻔했다.

철불가는 쥐고 있던 돛줄임줄을 손에서 놓았다. 질주하던 무역선이 우뚝 멈췄다. 그러자 빠르게 포위해 오던 세 척의 해적선이 무역선의 코앞까지 다가왔다.

무역상은 놀라 까무러칠 것 같았다. 살려 달라고 빌었더니 되레 배를 멈춰서 해적선에 포위당하게 만들다니. 이거 완전 돌은 놈 아닌가. 귀신이 되어서라도 철불가를 죽이고 말리라! 결심하며 무역상은 두 눈을 감고 최후를 맞을 준비를 했다.

세 척의 해적선이 가까워져 무역선이 가운데 끼어 부서지기 직전, 철불가가 뱃머리를 돌렸다. 그러자 무역선이 크게 방향을 틀며 아슬아슬하게 해적선의 포위망을 빠져나갔다. 무역선을 놓친 해적선 세 척은 속도를 줄이지 못하고 자기들끼리 부딪혔다.

"으악!"

배허리가 뱃머리에 뚫리고 돛대가 부러졌다. 선실까지 바닷물이 밀려들자 해적선 한 척이 가라앉기 시작했다. 부서진 배에서 탈출하기 위해 흑삼치의 부하들은 바다로 뛰어들었다.

"미꾸라지 같은 놈!"

흑삼치가 이를 갈며 직접 해적선을 몰았다. 아직 멀쩡한 해적선은 많았다.

무역선이 파란 바다에 하얀 거품을 일으키며 달아났다. 하얀 거품을 따라 흑삼치와 부하들도 배를 몰아 추격했다.

"앞을 보시오!"

무역상의 말에 철불가는 고개를 들었다. 저 앞에서 커다란 먹구름이 쿠릉쿠릉 몰려들었다. 앞에는 폭풍이, 뒤에는 흑삼치의 해적선들이 가로막고 있었다.

"꽉 잡으시오!"

철불가는 무역상에게 외치며 돛의 줄을 잡아당겼다. 무역선은 먹구름을 향해 돌진했다.

폭풍 가운데로 달려가자 안개에 휩싸인 것처럼 시야가 부옇게 흐려졌다. 먹구름에 가려져 바다는 밤하늘보다 새까맣게 보였다. 무거운 비가 쏟아지기 시작했다. 철썩철썩 밀어닥치는 파도와 거센 빗줄기가 얼굴과 온몸을 때렸다. 어찌나 빗줄기가 센지 회초리로 얼굴을 갈기는 것처럼 따가웠다. 한 치 앞도 보이지 않았으나 철불가는 능숙한 솜씨로 달려드는 파도를 피해 무역선을 몰았다. 시커먼 파도가 날름거리며 배 안으로 밀려들었다. 들이닥치는 파도에 보물이 든 궤짝이 모조리 쓸려 갔다.

"안 돼! 내 보물!"

철불가는 물속으로 뛰어들어 궤짝을 찾고 싶었지만, 흑삼치와 해적들이 바짝 쫓아오고 있었다.

마침 멀리 섬이 보였다. 두 개의 뾰족뾰족한 섬이 서 있고 가운데를 바다가 가로지르는 모양새였다. 불빛 하나 보이지 않는 것이 사람이 살지 않는 무인도 같았다. 이곳저곳 안 다녀 본 곳 없는 철불가도 처음 보는 장소였다. 철불가는 두 섬의 가운데로 무역선을 몰았다. 흑삼치와 해적들도 무역선을 놓치지 않았다.

"하, 저 인간 집착 좀 보게."

철불가는 흑삼치를 돌아보며 혀를 끌끌 찼다. 눈을 뜨기 힘들 정도로 거센 폭우라 조금 도망치면 사라질 줄 알았는데 아직도 쫓아오다니, 괜히 저승사자 흑삼치가 아니었다.

철불가는 섬에 무역선을 정박했다. 섬은 나무가 무성했고 커다란 웅덩이가 있었다. 비 때문일까. 음산한 기운이 느껴지는 것이 목 뒤에 오소소 소름이 돋았다. 철불가는 섬으로 뛰어내리며 무역상에게 말했다.

"살고 싶거든 내 뒤를 바짝 따라오시오."

철불가는 돈을 준다는 사람과의 약속은 철저히 지키는 자였다. 배에 든 보물은 모두 바다에 빠졌으니 무역상이라도 살려야 했다.

무역상도 철불가를 따라 배에서 내렸다.

바로 뒤에 온 흑삼치도 해적선을 정박시키고 섬에 내려섰다.

철불가는 웅덩이로 첨벙첨벙 도망쳤다. 열심히 달렸으나 눈앞을 가리는 비와 웅덩이의 진흙이 발을 묶었다.

"네놈이 도망쳐 봤자 고양이 굴이다!"

흑삼치가 외쳤다.

도망치는 철불가의 뒤를 흑삼치와 해적들이 쫓았다. 웅덩이만 끝나면 더 빨리 달릴 수 있을 텐데, 아무리 달려도 웅덩이에서 벗어나지 못했다. 철불가는 도망치면서 해적들에게 솔개날을 쏘았다. 쏘아 대는 화살마다 백발백중 해적들의 어깨와 팔다리에 꽂히니, 쓰러지는 와중에도 해적들의 입에서 역시 철불가라는 말이 절로 나왔다.

흑삼치 또한 팔에 솔개날의 화살이 두 발 박혔다. 어깨에 한 발, 손목을 꿰뚫고 한 발이 박히자 흑삼치의 몸이 반동으로 잠시 흔들렸다. 화살이 박힌 상처에서 피가 주르륵 흘렀다. 흑삼치는 인상을 쓰더니 다른 손으로 팔에 박힌 화살을 뽑아서 버렸다.

흑삼치는 곧장 철불가에게 달려들었다. 흑삼치가 철살도를 휘두르자 철불가가 몸을 뒤로 눕히며 미끄러졌고, 동시에 솔개날을 칼처럼 휘둘러 흑삼치의 다리를 공격했다. 흑삼치 역시 휘두르던 칼의 반동으로 몸을 허공에 날려 철불가의 공격을 막아 냈다. 흑삼치와 철불가의 싸움은 어찌나 합이 잘 맞는지, 멀리서 보면 고수들의 화려한 춤사위처럼 느껴졌다.

싸움은 끝날 기미가 보이지 않았다. 웅덩이만 아니었어도 싸움은 더 길어졌을지도 몰랐다. 바람처럼 날아다니며 솔개날로 공격하던 철불가가 진흙탕에 발이 빠져 당황하는 사이 흑삼치가 다가왔다.

"드디어 네놈의 피 맛을 보이겠구나."

흑삼치가 날카로운 칼날을 철불가의 목에 대었다.

"아악!"

그 순간 비명을 지른 건 흑삼치였다. 상황이 다급해지자 철불가가 솔개날을 쳐 흑삼치에게 흙탕물을 뿌려 댄 것이었다. 전설로 남을 법한 둘의 대결이 철불가의 얍삽한 짓 때문에 개싸움으로 변하고 말았다.

"비겁하게!"

흙탕물이 눈에 들어간 탓에 흑삼치가 주춤거렸다. 철불가는 그 틈에 달아나려 했으나 갑자기 땅이 흔들려 달릴 수 없었다. 멀리서부터 쿵 쿵 커다란 소리와 진동이 다가오고 있었다. 웅덩이의 물이 동그란 파동을 그리며 거칠게 출렁였다.

철불가는 문득 웅덩이를 둘러보다가, 근처에 있는 높은 바위로 올라가 보았다.

"이럴 수가. 이건……."

위에서 보니 철불가가 있던 곳은 웅덩이가 아니라 커다란 발자국이었다.

이게 말이 된단 말인가. 놀랄 틈도 없이 크아아아악 귀를 찢는 괴성이 들렸다. 거대한 그림자가 철불가와 흑삼치 위로 드리워지고 얼굴을 따갑게 때리던 비가 멈췄다. 위를 올려다보니 비는 멈춘 게 아니라 거대한 무언가에 막혀 떨어지지 않는 것이었다.

쿵.

쿵.

먹구름과 비바람 사이로 검은 털이 수북한 무언가가 걸어오고 있었다. 어두운 데다 비바람이 거세 눈을 뜨기 어려워 그 모습이 뚜렷하게 보이진 않았다. 쿵 쿵 그것이 걸음을 뗄 때마다 땅이 흔들리고 웅덩이의 물도 요동쳤다.

"괴… 괴물이다!"

흑삼치의 부하들이 겁을 먹고 외쳤다.

"겁먹지 마라! 한낱 금수일 뿐이다! 공격해라!"

흑삼치가 명령하자 부하들은 화살을 쏘고 창을 던졌다. 괴물은 거대한 손을 휘둘러 날아오는 창과 화살을 쳐 냈다.

무역상은 바닥에서 돌을 집어 괴물에게 던졌다. 커다란 바위도 들어 던져 보았다. 그러나 괴물이 어찌나 큰지 조약돌을 던진 것처럼 작아 보였다.

철불가는 바위에서 내려와 무역상에게 조용히 말했다.

"놈을 자극하지 말고 내 옆에 있으시오."

무역상이 덜덜 떨며 말했다.

"……내 어디서 이상한 이야기를 들은 적이 있소. 동쪽의 어느 섬에 거인이 사는 곳이 있다더군."

검은 털이 수북한 괴물은 산처럼 두터운 손바닥으로 해적 셋을 개미처럼 눌러 죽이고, 창처럼 긴 손톱으로 해적 여섯을 꼬챙이처럼 꿰어 죽였다. 이 모습에 두려움을 모르는 흑삼치도 후퇴 명령을 내렸다. 해적들은 서둘러 해적선으로 내달렸다.

먹잇감을 놓친 괴물의 눈알이 철불가와 무역상 쪽을 향했다.

"놈의 이름은… 장인……."

무역상이 말을 마치기도 전에 괴물의 손이 무역상을 낚아챘다.

"으악!"

어둠 속에서 무역상의 비명 섞인 단말마가 들렸다.

철불가는 허겁지겁 도망치기 시작했다. 어찌나 급했는지 고이 숨겨 온 유리병과 목숨 같은 솔개날을 떨어트리고 말았다. 유리병이 깨지는 소리에 솔개날을 흘린 것도 눈치채지 못했다.

쿵.

쿵.

괴물이 철불가를 쫓아왔다.

철불가는 다시 무역선에 올라탔다.

괴물의 거대한 손이 무역선을 덮치기 직전 철불가는 배를 몰아 섬을 빠져나왔다.

크아아악!

장인의 괴성이 시커먼 바다에 음산하게 퍼졌다.

2

항구는 낮은 산과 넓은 바다가 만나
는 곳에 있었다. 육로로 들어오는 상인
과 뱃길로 오는 상인이 한자리에 모이
는 길목이었기에 사포*는 언제나 바
글바글했다. 수십 척의 배가 항구에
먼저 들어오려고 다퉜고, 관리들
은 뒤에 온 상선이어도 뇌물을
내밀면 가장 먼저 정박시켜 주기도
했다. 때문에 항구 앞은 늘 싸움으로 시끄러웠다.

---

* **사포**: 지금의 울산 태화강 부근의 항구로, 신라 시대의 지명.
* **용모파기**: 어떤 사람을 잡기 위해 그 사람의 얼굴과 특징을 그린 그림.

수군들은 거리마다 해적들의 용모파기*를 붙이고 다녔다. 장보고가 죽은 후 해적들은 서로 바다의 주인이라 외치며 노략질을 해 댔다. 사포를 오가는 무역선이 주로 피해를 입어 그 원성이 자자했다.

용모파기에 그려진 해적들은 이러했다. 철불가와 저승사자 흑삼치, 눈매가 전갈 꼬리처럼 날카로운 바다전갈, 그리고 귀족 소녀처럼 곱상하게 생긴 고래눈이었다. 고래눈은 앞머리 두 가닥이 하얀색이었는데 이름 탓에 흰 머리카락이 고래수염처럼 보였다.

항구 앞 시장은 세계 각지에서 온 사람들로 부산스러웠다. 포차처럼 언제든지 장사를 접고 이동할 수 있는 가게도 있었고 초가지붕을 얹은 가게도 있었다. 상인들은 윤기가 자르르한 비단과 털이 북슬북슬한 모피에 색이 고운 도기와 진주, 상어 고기까지 가져와 팔았다. 간혹 다른 나라에서 잡아 온 진귀한 동물을 내다 파는 상인도 있었다. 여자들과 아이들은 집에서 만들어 온 옷이나 떡, 절여서 만든 김치 등을 항아리에 담아 와 팔았다.

터번을 두른 아랍인, 왜와 당에서 온 사신도 많았다. 특히 당에서 온 승려는 신라 특산품으로 유명한 자석을 사려고 했고, 다른 나라의 사신들도 상추, 밀감, 귤피를 사들이려고 혈안이었다. 메밀국수나 떡과 국을 파는 가게 중 입소문이 난 곳은 음식을 사려고 줄을 선 사람들로 북적였다.

어떤 이들은 좋은 길목에서 장사를 하려고 발 차기를 하며 싸웠고, 어떤 이들은 물건을 싸게 사려고 멱살잡이를 했으며, 어떤 이들은 싸움 구경을 하며 웃어 댔다.

"왔다! 소소생이 왔어!"

누군가의 외침에 분주하던 시장 바닥이 조용해졌다. 발 차기를 하던 상인도, 멱살잡이를 하던 사람도 모두 멈추고 시장 한곳을 봤다.

저쪽에서 소소생이 오고 있었다. 소소생은 진한 눈썹에 눈매는 서글서글해 제법 봐 줄 만하게 생긴 열일곱 살 소년이었다. 그는 덕담에 쓰는 팔뚝만 한 크기의 헝겊 인형을 들고 있었다.

"하……, 쟤 또 왔어?"

"진짜 재능 있어, 꾸준히 재미없는 재능."

"어휴, 소소생이 덕담을 하는 곳에선 있던 손님도 가 버리니, 원."

소소생은 덕담꾼이었다. 덕담
은 어릿광대나 배우가 공연에서
하는 웃기는 말이나 이야기를
말했는데, 문제는 소소생의 덕
담이 재미없다는 것이었다. 그
가 덕담 공연을 하는 곳엔 사람
이 드나들지 않았다. 때문에 사
포의 상인들은 소소생이 제발 우리
가게 앞만은 피해 주길 빌었다. 소소생
의 등장에 사람들은 되감기라도 하듯 하던 행동을 거두고 가게 안
으로 쏙 들어가 버렸다.

이렇듯 사포 시장의 불청객이었건만 소소생은 하루도 거르지 않
고 시장에 나와 덕담을 했다. 오늘도 소소생은 꿋꿋하게 시장 한곳
에 자리를 잡고 헝겊 인형으로 1인극을 시작했다. 헝겊 인형은 수
군을 다스리는 장군 옷을 입고 있었다.

소소생이 헐레벌떡 달려와 과장되게 넘어지며 말했다.

"헉헉, 장군! 장군!"

소소생은 이번엔 헝겊 인형이 말하는 것처럼 복화술로 걸걸한
목소리를 내었다.

"뭘 하느라 이제 왔느냐?"

"장 보고 왔습니다."

"뭐라? 장보고가 왔다고? 큰일이구나!"

"장보고 대사는 돌아가셨지 않습니까. 해적도 아닌데 왜 놀라십니까?"

"하하하! 그렇지! 난 수군이지! 하하하."

덕담을 듣는 구경꾼은 강아지를 포함해 고작 대여섯. 웃는 사람은 소소생 본인 말고는 없었다. 시장에서 밥을 얻어먹던 강아지만이 덕담을 듣고 왈왈 짖어 주었다. 장보고라는 이름에 두건을 쓴 사내 둘이 길을 가다 멈춰 섰을 뿐이었다.

"그나저나 장군, 바다에 해적이 들끓어 큰일입니다!"

"그래? 그 해적들이 누구냐?"

"포악한 바다전갈입니다!"

"전갈은 본래 사막에 사니까 바다전갈은 해적이 아니다. 봐줘라. 다음 해적이 누구냐?"

"저승사자 흑삼치입니다."

"저승사자는 죽은 귀신이니 해적이 아니다. 봐줘라. 다음 해적은 누구냐?"

"고래눈입니다. 하지만 고래눈은 노예를 매매하는 나쁜 놈들의 배만 습격하고 빼앗은 재물은 가난한 백성에게 나눠 줍니다. 백성들은 고래눈을 의적이라 부르며 좋아합니다."

"바다전갈과 흑삼치는 내게 재물을 바쳤거늘, 고래눈은 백성한테만 줬다고? 당장 고래눈을 잡아들여라!"

"하지만 장군! 수군이 해적에게 뇌물을 받고 고래눈만 잡으면, 누가 해적인지 모르겠다고 수군수군할 것입니다."

소소생이 덕담을 끝내자 상인들의 야유가 날아왔다.

"에이, 저게 무슨 덕담이야. 재미도 없구먼."

"이래 가지고 덕담으로 어떻게 먹고살겠다는 거야? 빨리 정신 차리고 다른 일 찾아."

부패한 수군이 해적과 결탁하고 있는 것은 공공연한 비밀이었으나, 먹고살기 힘든 상인들은 그런 덕담에는 관심 없었다. 괜히 수군이나 관리들 눈 밖에 났다가 장사를 못 하게 될 수도 있었다. 시장은 사람과 동물들로 활기가 넘쳤으나 실상은 속이 빈 강정과 같았다. 풍족해 보이는 먹거리와 물건은 귀족만 살 수 있는 물건과 서민이 살 수 있는 물건으로 나뉘어 있어 빈부 격차가 한눈에 보였다.

그런 퍽퍽한 상황이다 보니, 상인들은 입을 모아 덕담 같은 건 때려치우라고 소소생을 나무랐다.

소소생이 작은 목소리로 대꾸했다.

"박준희 선생님이 말씀하셨어요. 언젠가 덕담으로 인기를 얻는 세상이 올 거라고. 덕담만으로도 사람들이 먹고살 수 있는 세상이 온다고……."

"덕담 같은 걸로 어떻게 먹고산다고 그래? 덕담이 밥을 먹여 주냐, 옷을 입혀 주냐? 헛소리 말고 당장 비켜! 너 때문에 손님 다 가 버리잖아!"

과일을 팔던 상인이 소소생을 향해 먼지가 날리도록 빗자루질을 했다.

"어푸푸……. 입에 흙 들어가잖아요, 퉤퉤."

소소생은 먼지를 뒤집어쓴 머리를 흔들었다. 소소생은 인형에 묻은 흙을 털며 혼잣말을 했다.

"쳇, 박준희 선생님도 이런 고난을 겪으셨겠지? 고난은 성공을 위한 과정이니까. 참자!"

어릴 때부터 소소생은 남을 웃기는 것을 좋아했다. 자신의 이야기에 사람들이 웃어 줄 때 가장 큰 보람을 느꼈다. 물론 그런 일은 거의 없었지만. 어느 날 항구에서 건너 건너 들은 박준희 선생의 덕담은 소소생의 인생을 송두리째 흔들었다. 박준희 선생은 신라 최고의 덕담꾼이었다. 그는 재치 있는 말장난과 뼈 있는 풍자로 유명했는데, 서라벌에서 크게 열리는 연회마다 초대되어 덕담 공연을 하고 다녔다. 소소생은 박준희 선생처럼 덕담꾼으로 성공하기로 결심했다.

"이런 비난도 다 애정인 거야! 내 덕담이 사람들의 관심을 끌었다는 거지. 이제 하루라도 야유를 안 받으면 허전할 정도인 걸, 뭐. 하하하!"

소소생은 혼잣말을 하며 웃었지만 공허한 정적만 돌아왔다. 꼬르륵. 배에서 요란한 소리가 났다. 헝겊 인형을 꾸밀 재료를 사느라 이틀을 굶었더니 핑 현기증이 돌았다. 소소생은 오늘 새벽 항구에서 짐을 하역하는 일을 해서 일당으로 쌀 한 줌을 받았다. 쌀 한 줌이 생겼으니 이걸로 밥 한 끼는 먹을 수 있을 터였다.

"배고프니까 우울한 생각이 드는 거야. 떡이나 먹으러 가자!"

소소생은 떡집으로 갔다. 가게 주인이 갓 찐 시루떡과 색색의 꿀

떡을 내오는 참이었다. 진달래색, 개나리색, 쑥색 등 고운 빛깔의 꿀떡은 들기름을 발라 윤기가 흘렀다. 포슬포슬한 콩고물이 묻은 시루떡에선 하얀 김이 올라왔다. 소소생은 콧구멍을 킁킁 벌름거렸다. 고소한 기름 냄새와 달큰한 꿀 냄새가 나는 것이 꿀떡은 아무래도 비쌀 것 같았다. 소소생이 가진 쌀 한 줌으로는 시루떡 하나가 전부였다. 그래도 그게 어디냐 싶어 소소생은 뜨끈뜨끈한 시루떡 하나를 사서 나왔다.

가게 밖에서 입을 크게 벌려 와앙 먹으려던 찰나, 소소생은 강렬한 시선을 느꼈다. 바로 옆에서 어린 오라비가 더 어린 누이를 업고 시루떡을 뚫어져라 보고 있었다. 오라비는 여덟 살, 누이는 다섯 살이나 됐을까. 등에 업힌 누이는 제 주먹을 떡이라도 되는 양 입에 넣고 오물거렸다.

"……나부터 살자."

소소생은 오누이에게 등을 돌리고 시루떡을 먹으려고 했다. 하지만 입을 크게 벌리고 시루떡을 넣으려니 몹쓸 놈이 되는 기분이 들어 차마 그러지 못했다.

소소생은 헝겊 인형을 꺼내 오누이에게 복화술로 덕담을 들려주었다.

"장군! 사람들이 제일 좋아하는 떡이 무엇인지 아십니까?"

"그게 무엇이냐?"

"찰떡궁합입니다!"

오누이는 소소생의 덕담이 재밌는지 까르르 웃었다. 소소생은 누군가 덕담에 웃어 주었단 사실만으로도 흥이 났다.

"그럼 시끄러운 떡이 무엇인지 아십니까?"

"그건 또 무엇이냐?"

"쑥떡쑥떡입니다!"

"에잇 이놈이 개떡같이 말하는구나! 저리 썩 꺼져라."

소소생은 헝겊 인형이 쌩 가 버리는 것처럼 손을 움직였다.

"이런. 장군님이 화가 나서 가 버리셨네. 시루떡을 바치려고 했는데, 버릴 수도 없고. 혹시 너희가 먹어 주겠니?"

소소생은 오누이에게 시루떡을 내밀었다.

"정말요? 감사합니다."

오라비가 덥석 떡을 받았다. 오라비는 떡을 반으로 쪼개어 큰 쪽을 누이에게 주고, 작은 쪽을 제가 먹었다. 소소생은 오누이가 허겁지겁 떡을 입에 넣는 모습을 보니 떡을 주길 잘했다고 생각했다. 얼마나 배고팠으면 저리 급하게 먹을까. 그 와중에도 누이에게 큰 떡을 양보하는 모습을 보니 뿌듯했다. 이렇게 착한 아이들이 덕담을 듣고 웃어 주었으니 얼마나 행복한 일인가. 아무리 많은 사람에게 비난받는다 해도 이 아이들의 웃음 한 번이 훨씬 가치 있는 기분이었다.

물론 시장에서 야심 차게 준비한 덕담을 듣고도 아무도 웃어 주지 않았을 때 나는 안 되는 놈인가 낙담했다. 같은 덕담이라도 박준희 선생님이 했다면 재밌었을 텐데, 나는 정말 재능이 없는 걸까 하고 실망도 했다. 하지만 아이들이 웃어 주니 마음에 꽃이 피는 것처럼 행복해졌다.

'이 감정을 절대 잊지 말아야지.'

소소생은 배고픈 티를 내지 않으려고 서둘러 오누이에게 작별 인사를 하고, 항구로 향했다. 그리고 허겁지겁 바닷물을 퍼서 마셨다.

"퉤퉤! 어으, 왜 이리 짜? 누가 바닷물에 소금이라도 풀었나."

"짜니까 바닷물인 게다."

뒤에서 웬 남자 목소리가 들렸다. 돌아보니 두건을 쓴 사내 둘이 서 있었다. 소소생이 시장에서 덕담을 할 때 멈춰 섰던 사내들이었다. 한 명은 키가 크고, 한 명은 키가 아담해 소소생과 비슷해 보였다.

키가 큰 쪽이 소소생에게 말했다.

"바닷물을 마시면 죽는다. 그것도 모르는 놈이 해적을 가지고 덕담을 하다니. 우습구나."

남자는 쓰고 있던 두건을 벗었다. 머리에 터번을 쓰고 얼굴에 검은색과 하얀색 칠을 한 소년이었다. 얼굴에 칠한 문양이 마치 바다 건너 어느 부족이 얼굴에 그리는 그림 같기도 했다. 소년의 눈은 쌍꺼풀이 진하고 컸으며 눈동자는 바다처럼 짙은 푸른색이었다. 보고 있자니 물고기 한 마리를 보고 있는 것 같았다. 눈썹도 진하고 코도 오똑하고 커서 이목구비가 뚜렷한 미남형이었다. 소년은 소소생과 또래로 보였으나 키는 머리 하나가 더 컸고 어깨도 한 뼘이 더 넓었다.

소소생은 녀석보다 키가 작은 것이 마음에 걸려 괜한 허세를 부렸다.

"참 나. 네 녀석이 덕담을 아느냐?"

"참 나. 그러는 넌 해적을 아느냐?"

터번을 한 소년이 가슴을 내밀며 대꾸했다. 소소생도 질 수 없어 가슴을 최대한 내밀었으나 소년의 떡 벌어진 가슴 근육을 보자 절로 어깨가 움츠러들었다. 터번 소년이 하얀 이를 보이며 씩 웃었다.

소소생은 어쩐지 진 것 같은 기분에 씩씩거렸다.

"바다전갈, 흑삼치, 고래눈! 근래 이 바다에서 유명한 해적들을 내가 모를쏘냐?"

"고작 그걸로 다 안다는 거였어? 쪼그만 녀석이 범 무서운 줄을 모르네!"

"야!"

소소생이 부들부들 떨자, 터번 소년은 재밌다는 듯 웃었다.

"범아. 그만하거라."

옆에 있던 아담한 키의 사내가 터번 소년에게 손을 내밀어 제지했다. 그러자 범이라 불린 터번 소년이 물러섰다.

소소생은 소년의 이름이 범이라는 것과 그가 하룻강아지 범 무서운 줄 모른다는 속담을 말한 것이 재미있는 말장난 같다고 생각했다. 소소생은 이렇게 남들이 하는 말장난이나 재미있는 상황을 속으로 주워 삼키는 버릇이 있었다.

"돈도 없는 놈이 하나뿐인 떡을 아이들에게 양보하면 어쩌자는 것이냐?"

아담한 키의 사내가 소소생에게 말했다. 사내들은 떡집 근처에 있다가 소소생과 오누이를 보았다. 그들은 소소생이 아이들에게 떡을 나눠 주는 모습에 흥미를 느껴 따라왔다.

"그쪽이 상관할 일은 아니지 않소? 내 덕담에 웃어 준 아이들이 고마워서 준 것인데 무슨 상관이오?"

"덕담이라. 네 녀석은 재미는 없지만, 맞는 말을 하는 재주는 있더구나. 허나 네 덕담에서 틀린 게 한 가지 있다."

"아니, 뭐가 틀렸단 거요?"

기분이 상한 소소생이 팔을 꼬며 물었다.

"고래눈은 의적이 아니다."

사내가 두건을 벗었다. 그러자 칠흑 같은 긴 머리가 흘러내리며 고운 여인의 얼굴이 드러났다. 갸름한 달걀형의 얼굴에 눈, 코, 입이 오목조목해 해적보다는 귀족이나 공주 같은 인상이었다.

버선 같은 곡선을 그리는 콧날은 품위 있어 보였고, 깊은 눈매는 커다란 눈을 더욱 또렷하고 그윽하게 만들었다. 비에 젖은 듯 촉촉하게 반짝이는 눈동자는 그녀의 지혜로움을 보여 주는 듯했다. 바다에서 불어온 바람에 비단결 같은 머리칼이 날렸다. 고래수염처럼 하얀 앞머리 두 가닥이 흩날리며 꽃향기가 났다.

그녀가 해적 고래눈이었다.

'고래눈……!'

소소생은 고래눈의 눈부신 용모에 얼굴이 빨갛게 달아올랐다.

고래눈을 앞에 두고 아는 척 덕담을 했다는 사실을 깨닫자 쥐구멍으로 숨고 싶었다. 소소생의 그런 마음을 읽었는지 범이가 뒤에서 피식피식 비웃었다.

고래눈이 입은 망토가 펄럭이며 허리춤에 찬 칼이 보였다. 기다란 칼의 앞면과 뒷면에 작은 칼집이 두 개씩 달려 있었다. 칼의 손잡이마다 고래 꼬리 문양이 장식되어 있었는데 고래눈이 즐겨 쓴다고 익히 알려진 검, 오합도였다. 칼에 대해선 일자무식인 소소생도 오합도의 이름은 들은 적이 있었다. 고래눈의 칼 솜씨는 천하제일이라서 오합도에 있는 다섯 개의 칼을 동시에 휘두른다고 알려져 있었다.

고래눈과 범이는 노예 매매를 하는 상선 정보를 얻으려 항구에 잠입했다. 장보고가 죽은 후 사라졌던 노예 매매가 다시 성행하고 있었다. 고래눈은 어린아이, 그중에서도 계집아이들을 납치해서 노예로 파는 놈들이 있다는 정보를 입수했다. 놈들을 습격할 정보를 얻고 돌아가던 길에 우연히 소소생의 덕담을 본 것이다. 고래눈과 범이는 어린 오누이에게 시장의 떡을 다 사고도 남을 만큼의 곡식과 재물을 나눠 주었다.

"우린 의적이 아니다. 한낱 해적일 뿐이다. 사람을 사고파는 일은 바다의 일이 아니기에 그들을 공격하는 것이고, 그 재물을 모두 우리가 차지하는 것도 바다의 뜻이 아니기에 백성과 나누는 것이다. 바다 덕에 사는 도적놈에게 의적이라니 가당치 않다."

고래눈은 소소생에게 비단 주머니 하나를 던졌다.

"옜다! 아까 들은 덕담 값이다."

소소생은 얼결에 날아오는 주머니를 두 손으로 받았다. 찰그랑
소리가 나며 묵직함이 느껴졌다. 소소생은 눈이 동그래져서 비단
주머니를 열어 보았다. 커다란 금목걸이가 들어 있었다. 두꺼운 황
금 목줄에는 파도처럼 굽이치는 곡선 문양이 새겨져 있었고 주먹
만 한 푸른색 보석이 걸려 있었다. 한눈에 봐도 바다 건너 이국땅
에서 온 것이 분명했다.

"이건 너무 값진 물건인데……."

소소생이 고개를 들었을 때 고래눈과 범이는 이미 사라지고 없
었다.

3

 늘씬한 여인이 항구 앞 시장 거리를 걸어갔다. 싸구려 천으로 얼굴을 가렸음에도 언뜻 보이는 콧날과 붓으로 그린 듯한 눈매가 그녀의 아름다움을 짐작하게 했다.

 그녀를 본 신라인들은 남녀노소 할 것 없이 입을 벌리고 바라보았고, 무역을 하러 온 서역인들도 감탄을 표했다. 남자 손님의 초상화를 그려 주던 화가는 저도 모르게 지나가던 그녀의 얼굴을 그려 버렸고, 향신료를 팔던 상인은 그녀를 보느라 무심코 후추 열매를 먹고는 눈물 콧물을 흘렸으며, 낙타를 타고 가던 아랍인은 그녀를 돌아보느라 낙타에서 떨어지고 말았다.

 여인은 고개를 숙이고 걸음을 빨리했다. 이런 시선은 부담스러웠다. 왜냐하면 그녀는—

 "철불가는 여장을 해도 철불가로구나. 어딜 가나 용모파기가 붙

어 있어 이렇게 변장을 한 것인데. 아무리 가려도 타고난 미모가 빛을 발하니 통탄할 노릇이로다."

여자로 변장한 철불가가 이마를 짚으며 말했다.

철불가는 사포에 도착하자마자 사람들의 눈을 피하려고 시장에 있던 여자 옷을 훔쳐 입었다. 여자 옷까지 소화해 내는 자신의 몸매에 철불가는 고개를 도리도리 저었다.

"그나저나 큰일이다. 솔개날을 잃어버리다니. 하필 그런 괴물이 사는 섬에 가게 될 줄이야."

철불가는 장인을 떠올리며 몸서리를 쳤다. 웬만한 괴물은 다 보아 왔던 철불가였으나 장인같이 끔찍한 놈은 처음이었다. 어찌나 놀랐던지 장인국에서 도망치면서 솔개날을 흘린 모양이었다. 게다가 그 비싼 유리병도 잃어버렸으니. 돈도 솔개날도 없는 철불가는 거지나 마찬가지, 아니 그냥 거지였다.

"아, 고깃국에 술이나 배불리 먹고 싶구나. 어디 사기 칠 놈 없나. 순진하고 사람만 좋아서 남의 말에 잘 넘어가는, 재물만 많은 그런 놈이……."

철불가의 눈에 번쩍이는 금붙이가 쏙 들어왔다. 어리벙벙한 얼굴로 금목걸이를 하고 있는 소소생이었다.

"저기 있구나!"

소소생은 고래눈을 만난 게 꿈인가 생시인가 실감이 나지 않아 목에 건 금목걸이의 푸른색 보석을 들여다보고 있었다.

철불가는 귀족 문화를 사랑했다. 귀족은 아니었으나 타고난 외모와 취향이 귀족 같으니 자신은 그냥 귀족이라고 생각했다. 그런 철불가의 눈에 소소생이 들고 있는 금목걸이는 귀족들이 걸치는 것 중에서도 최고급품이었다. 특히 섬세한 각인과 문양은 바다 건너 먼 나라에서나 볼 수 있는 것이었다. 금도 아주 샛노란 것이 순금이 분명했으며, 무게도 상당해 보였다.

머리에서 '저것을 팔면 인생역전!'이라는 계산이 땡! 소리를 내며 떨어졌다. 철불가는 여자 옷을 벗어 던지고, 옆에 있던 가게에서 모자를 훔쳐 썼다. 철불가는 소소생에게 성큼성큼 걸어가 말했다.

"이봐, 얼굴에서 좋은 빛이 돈다는 말 자주 듣지 않아? 나랑 같이 공부하지 않을래?"

"안 믿어요."

소소생은 홀린 듯 금목걸이만 보며 철불가의 말을 잘라 버렸다.

"그게 아니라. 요즘 몸이 찌뿌둥하고 기운도 없고 하는 일도 잘 안 되지? 내가 얼굴의 기운을 좀 보는데 말이야."

"아, 안 사요."

소소생은 귀찮아하며 손사래를 치고 가 버렸다.

소소생의 신경은 온통 금목걸이에 가 있었다. 아무리 생각해 봐도 덕담 값으로 치기엔 너무 비싸고 귀한 물건이었다. 그 정도 양심은 있었다. 소소생은 금목걸이에 배인 냄새를 맡았다. 고래눈에게 나던 향긋한 꽃향기가 나는 것 같았다.

이럴 줄 알았으면 더 재밌는 덕담을 많이 준비해 놓을 것을. 고래눈에게 덕담을 다시 들려주고 싶은데. 고래눈을 이 생에 한 번이라도 다시 만날 수 있을까. 소소생은 고래눈 생각으로 머리가 꽉 차 아무 소리도 들리지 않았다.

이를 모르는 철불가는 어리숙해 보이던 소소생이 단호하게 나오자 놀라서 주춤했다.

"아니 그게 아니라. 어이, 어이!"

철불가는 소소생을 부르며 뒤따라갔다.

소소생은 사람이 없는 거리로 갔다. 그곳에도 해적들의 용모파기가 붙어 있었다. 소소생은 두리번거리더니 아무도 안 보는 것을 확인하고 고래눈의 용모파기만 떼어 냈다. 얼굴이 조금이라도 찢어질까 봐 조심조심 침까지 발라 가며 뜯었다.

뒤에서 철불가는 '저 멍청한 놈이 뭔 짓을 하는 거지?' 하는 표정으로 소소생을 지켜봤다.

"이제부터 고래눈을 연모할 거야. 덕담꾼이 하는 연모질이니 '덕질'이라 부르면 되겠구나!"

소소생은 자신이 생각해 낸 말장난이 뿌듯해 혼자 키득거렸다.

"아하, 너 덕담꾼이구나?"

철불가의 목소리에 소소생은 움찔하며 돌아봤다. 하필 제일 들키기 싫은 모습을 들켜 버렸다고 생각하며 소소생은 철불가를 쳐다봤다.

"진작 말하지. 이제 좀 대화가 되겠네. 너 이름이 뭐지?"

"……소소생이요."

"소소생, 네가 가진 그 금목걸이 말이야. 바다에서 온 거지? 바다에서 일하는 사람이 준 거겠지?"

"……네."

소소생이 머뭇거리며 답했다.

'바다에서 일한다는 건 무역상! 이 녀석은 무역상의 아들일 게야. 그래서 저런 금목걸이를 가지고 있는 거지. 덕담꾼이 되려는 건 부잣집 아들의 일탈 같은 거고.'

철불가는 제멋대로 단단히 착각했다.

"누구신데 그러세요?"

소소생이 의심 가득한 눈으로 물었다.

"난 말이야……."

말하는데 벽에 붙은 자신의 용모파기가 보였다. 철불가는 용모파기를 몸으로 가리고는 소소생 몰래 뜯어 버렸다.

"금불가라고 해."

"금불가요? 환불 불가 같은 건가요, 금 불가?"

소소생은 또 말장난을 하며 속으로 뿌듯해했다.

"이봐, 설마 방금 그것도 덕담이라고 한 건 아니겠지? 너 이대로라면 아주 큰일이야."

철불가가 심각한 얼굴로 말했다. 이건 진심이었다.

"날 만난 걸 행운으로 여기라고. 금불가는 금불가사리, 아무리 잘라 내도 다시 자라나는 불가사리처럼 엄청난 황금 손을 가졌다, 뭐 그런 뜻이란다."

철불가는 손가락을 쫙 펼쳐 불가사리처럼 까딱였다.

"내 황금 손을 거쳐 간 녀석들이 꽤 되는데, 그중에서 제일 유명한 녀석이 박준희라고, 들어 봤으려나?"

"박준희 선생님이요? 진짜요?"

소소생이 눈을 동그랗게 뜨고 물었다.

"진짜라니까. 준희가 말이지, 아, 우리는 워낙 친해서 서로 이름으로 부르거든. 준희랑은 서라벌에서 술도 자주 마시고 그래. 저번에도 만나서 같이 숫자 노름도 하고 밤에 조심히 들어가라고 안부도 묻고 그랬어. 얼마나 친한지 서로의 부모님 인사도 전하고 가정교육관에 대해서도 논하는걸."

거짓은 아니었다. 철불가와 박준희는 우연히 서라벌 술집에서 만났다. 당시 철불가는 해적질로 돈을 좀 모았던 터라 서라벌에서 방탕하게 살았다. 철불가는 전 재산을 놓고 박준희와 도박을 했고 머리 좋은 박준희에게 털려서 전부 잃고 말았다. 화가 난 철불가는 박준희에게 "준희 너 밤길 조심해라. 너희 부모…… (이하 생략)" 하는 안부를 묻고 가정교육을 운운하다가 술집에서 쫓겨났다.

철불가는 진실을 말했다. 몇 가지 사실을 빼고 말했을 뿐. 철불가의 장기였다.

"정말 박준희 선생님이랑 그 정도로 친하세요?"

"그렇다니까. 내 말 한마디면 준희랑 만날 수도 있고, 준희보다 더 인기 있는 덕담꾼으로 성공할 수도 있어. 얼마 전에도 내가 키워 준 녀석이 덕담꾼으로 성공해서 서라벌에서 건어물주가 됐다고!"

"건어물주가 뭔데요?"

"뭐, 대충 건어물을 파는 가게 주인이 됐다는 소리지! 어쨌든 내 덕에 덕담꾼으로 성공해서 돈을 왕창 벌었단 말이야."

"정말요?"

소소생이 반짝반짝 눈을 빛냈다.

넘어왔다! 철불가는 혀로 입술을 축였다.

"그럼 그럼. 난 덕담꾼 관리자야. 친구 같은 거지. 덕담꾼으로 성공하게 이끌고 도와주는 역할을 하는 거야. 이게 다 덕담을 사랑해서 하는 일이지, 사리사욕을 채우려는 게 아니라고. 그래서 말이지, 도와주는 대가로 성의를 아주 아주 조금 받고 있어."

"아주 아주 조금이 어느 정도……?"

"금목걸이 정도랄까."

철불가의 눈빛은 소소생의 목걸이에 꽂혀 있었다.

"별거 아니지? 넌 부자니까 말이야."

"그렇긴 하지만……."

소소생은 '마음이 부자니까.'라고 생각하며 그렇다고 답했다. 소소생은 금목걸이의 푸른색 왕보석을 두 손으로 꼭 쥐었다. 다른 사람이 준 금목걸이라면 고민 없이 팔았겠지만 고래눈이 준 금목걸이라는 게 마음에 걸렸다.

'이 녀석 더럽게 안 넘어오네. 선량하게 생긴 녀석들이 꼭 고지식해서 융통성 없이 군단 말이야.'

번쩍이는 금목걸이를 눈앞에 둔 철불가는 애가 탔다.

"그 금목걸이를 내가 쓰려는 게 아니야. 그걸 팔아서 네 덕담 공연에 쓰려는 거지. 덕담이란 말이야, 재능이 다가 아니야. 그 재능을 돋보이게 해 줄 화려한 배경, 너를 준희처럼 만들어 줄 비장의 무기가 필요하지. 그게 바로 희귀한 동물이야!"

"희귀한 동물요?"

"준희도 처음부터 성공한 게 아니야. 내가 원숭이라는 동물이랑 같이 공연하라고 조언해서 뜬 거라고. 너도 너만의 특징이 될 만한 아주 희귀하고 특이한 동물이 있어야 해. 예를 들면, 장인 같은 괴물! 그래, 장인이 딱이겠다!"

철불가는 되는대로 나불거렸다. 어차피 진짜 잡으러 갈 것도 아닌데 이왕이면 엄청난 놈 이야기를 하는 게 낫지. 철불가는 사리사욕을 위해선 누구보다 최선을 다하는 사람이었다.

"장인은 사람보다 몇 장*은 큰 괴물인데 사람이랑 비슷하게 생겼지만 온몸이 검은 털로 덮여 있어. 이빨은 톱니 같고 손톱은 창처럼 길지. 얼마나 무시무시한 놈인데. 네가 그런 놈을 데려와서 덕담 공연을 한다? 그럼 준희보다 더 인기 있어지는 거야! 내가 잘 아는 바닷사람들이 있는데 그놈을 잡아 와 줄 수 있을 거야. 거기에 돈이 좀 많이 들어. 그래서 금목걸이가 필요하다는 거지, 내가 쓰겠다는 게 아니야. 계속 말하지만, 난 덕담꾼의 친구라고."

철불가는 모자를 들어 올리고 한쪽 눈을 찡긋 감았다. 누가 봐도 못 믿을 놈의 언행이었으나 철불가의 세 치 혀에 현혹된 소소생

---

* 장: 길이의 단위. 1장은 약 3미터.

의 눈엔 엄청나게 믿음직한 모습으로 보였다.

철불가는 마지막 쐐기를 박았다.

"아까 보니까 고래눈을 좋아하는 것 같던데……. 내가 상관할 바는 아니지만 고래눈도 인기 있는 덕담꾼을 좋아하지 않겠어?"

소소생은 완전히 무너졌다. 고래눈이 준 금목걸이지만 이걸 팔아 덕담꾼으로 성공한다면 더 비싸고 좋은 금목걸이도 살 수 있을 터였다. 건어물주라는 것도 될 것이고 고래눈도 어쩌면 나 같은 놈을 좋아해 주지 않을까. 어쩌면 다신 오지 않을 천운일지도 몰랐다. 이 기회를 놓친다면 땅을 치고 후회하리라.

소소생은 입술을 꽉 깨물고는 결심한 듯 금목걸이를 내밀었다.

철불가는 자꾸만 올라가는 입꼬리를 숨기고 침착하게 금목걸이를 받았다.

"좋아. 이걸 팔고 금방 돌아올 테니까 여기서 기다려. 금값을 잘 쳐주는 곳을 알고 있거든. 내가 돌아오면 곧바로 장인을 잡으러 가는 거야. 알겠지?"

"네! 조심히 다녀오세요!"

소소생은 철불가에게 꾸벅 허리를 숙였다. 철불가는 소소생을 두고 거리로 사라졌다. 기다리는 동안 소소생의 머릿속에선 장인을 잡아 와 함께 공연을 하고, 인기를 얻어 돈을 왕창 벌고, 고래눈에게 칭찬을 받고, 고래눈과 혼인해서 아이도 셋 낳고, 손주의 재롱에 즐거워할 미래가 뭉게뭉게 펼쳐지고 있었다.

4

푹! 김 대사가 그려진 과녁에 화살이 날아와 꽂혔다. 수군 장수 이 비장이 쏜 화살이었다.

"김 대사, 저 인간만 없으면 한 자리 차지하는 건데!"

관청의 빈 뜰에서 이 비장은 분노를 담아 화살을 날리고 있었다. 이 비장은 실력이 출중한 장수였으나 멍청한 김 대사 때문에 번번이 서라벌 진출에 실패했다.

장보고 대사가 죽자 한동안 잠잠했던 해적 무리가 하나둘 기어 나왔다. 나라는 혼란했고 조정의 대신들은 백성이 굶어 죽든 말든 제 배만 불렀다. 배고픈 백성은 육지에선 갈 길을 잃어 바닷길을 찾았다. 해적이 되는 것이었다. 바야흐로 해적들의 춘추 전국 시대였다. 시간이 흐르자 해적들은 삼국 시대처럼 크게 세 개의 계파로 흡수, 정리되었다. 그들이 바로 현상 수배 중인 바다전갈, 흑삼치,

고래눈이다. 이들이 몸집을 키워 각국의 무역선과 조세를 실은 왕의 배까지 노리자 그제야 해적들이 문제시되었다. 조정에서는 김 대사에게 어째서 해적을 소탕하지 못하냐고 책망했고, 김 대사는 자신의 무능함을 이 비장의 탓으로 돌렸다.

이 비장은 평소에 김 대사에게 해적을 소탕할 수 있게 병사를 증원해 달라, 장비를 새로 만들게 해 달라고 누차 말했다. 그때마다 김 대사는 무시로 일관했던 주제에 이 비장 탓을 한 것이다.

"무능하면 멍청한 맛이라도 있어야지. 무능한 게 머리까지 약아서는 제가 뭐라고 나를 질책해?"

이 비장은 생각할수록 화가 올라와 화살 세 개를 한꺼번에 활에 걸었다. 팽 활시위를 당겼다 놓자 화살 세 개가 동시에 포물선을 그리며 날아가 정확히 김 대사의 눈, 코, 입에 꽂혔다.

김 대사는 수군에 책정된 예산을 집을 증축하거나 사치품을 사는 데 썼다. 하도 집을 넓혀서 김 대사의 집 담벼락은 서라벌까지 이어졌다는 농이 나올 정도였다.

'높은 자리에 있는 놈들은 하나같이 이런 식이지. 잘되면 지기 덕, 못되면 남 탓. 내가 더러워서 서라벌 관직으로 승진하고 만다!'

그때 관청의 문밖에서 김 대사 목소리가 들렸다.

"이 비장!"

웬일로 김 대사가 이 비장이 있는 관청까지 행차했다. 저 게으른 인간이 직접 온 걸 보면 보통 급한 일이 아닐 터.

이 비장이 눈짓하자 부하들은 재빨리 과녁에 붙인 김 대사의 그림을 뒤집었다. 뒷면에는 흑삼치의 용모파기가 그려져 있었다. 이럴 때를 대비해 해적들의 용모파기 뒷면에 김 대사의 얼굴을 그려 놓았다. 이 비장은 용의주도하게 김 대사를 증오했다.

김 대사가 목소리를 깔고 말했다.

"이 비장 있는가?"

'뻔히 있는지 알면서 꼭 저러고 오더라. 꼴도 보기 싫은 인간.'

이 비장은 생각했다.

"오셨습니까, 대사!"

김 대사는 관모를 쓰고 있었는데 어찌나 머리가 큰지 머리통에 감자 한 알을 얹어 놓은 것처럼 보였다. 관모가 떨어지지 않게 묶어 놓은 끈은 두툼한 턱살에 파묻혔다. 귀족들 사이에선 옷의 통이 얼마나 넓은지가 유행의 척도였다. 그래서인지 김 대사는 한껏 통을 넓힌 바지와 윗옷을 입고 있었다. 비단옷이 돼지기름을 바른 듯 윤기가 잘잘 흐르는 것이 제법 비싸 보였다. 이 비장이 겪은 바 풍채가 있는 자들은 대개 성정이 온화하고 마음이 넓었거늘 김 대사는 전혀 그렇지 않았다.

'저 옷도 수군 스무 명은 증원할 돈으로 지은 것일 테지.'

그리 생각하니 이 비장은 더욱 김 대사가 꼴 보기 싫었다.

"대사, 비단옷이 마치 처음부터 입고 태어나신 것처럼 잘 어울리십니다."

이 비장은 히죽히죽 웃으며 인사했다. 이 비장은 사회생활을 잘하는 인간이었다. 이중인격은 사회인의 생존 비결이었다.

"이 비장, 무얼 하느라 대답이 늦었나?"

"죄송합니다, 대사. 해적 소탕할 길을 모색하면서 활이 늘어지지 않게 만지고 있었습니다."

"음, 잘했네. 안 그래도 조정에서 빨리 해적을 한 놈이라도 잡아들이라고 명이 떨어졌네. 무슨 방법 없겠나?"

'네놈이 옷만 안 샀어도 진작 잡아들였다.'

이 비장은 생각했다.

"대사께서도 아시겠지만 해적 놈들이 쓰는 무기가 날로 발전하고 있습니다. 한데 우리 수군의 장비는 바닷물과 바람에 부식되어 가니 놈들을 소탕하기가 매우 어렵습니다. 흑삼치만 해도 동해에서 가장 큰 해적인데, 놈들이 서역의 무역선에 실린 무기까지 약탈했다고 합니다. 대사께서 넓은 아량을 베푸시어 장비를 제작할 재원을 주신다면 동해를 깨끗하게 청소할 수 있을 것입니다."

김 대사는 수염을 쓰다듬었다.

"흠, 그리하면 잡을 수 있단 게지? 알겠네. 조정에서 해적 소탕을 가장 먼저 이뤄야 할 업으로 여기라 하셨으니 당장 실행하게!"

김 대사가 근엄하게 말했다.

"감사합니다, 대사!"

이 비장이 은혜를 입은 목소리를 연기하며 연신 고개를 숙였다.

할 말을 마친 김 대사가 나간 뒤에야 이 비장은 고개를 들었다.

"뭐야, 진짜로 지원해 준다고?"

이 비장은 뜻밖에 김 대사가 흔쾌히 말하고 가자 당황했다. 저렇게까지 말하는 걸 보면 조정에서 호되게 압박한 모양이었다. 그간 뇌물을 바친 놈들은 빼고 잔챙이 해적 몇 놈만 바치면 공을 세울 수 있겠지. 이 기회를 이용해 서라벌 입성의 꿈을 이루고 말리라. 이 비장은 입맛을 다셨다.

"당장 무기를 제작하는 데 제일이라는 자들을 불러 모아라. 눅눅한 바닷바람에 녹이 슬지 않고 물에도 강하며 다루기도 쉬운 장비를 고안하도록 하라."

어느덧 해가 저물고 있었다. 소소생의 머릿속에는 고래눈과 한날한시에 죽는 것까지 그려졌는데, 철불가는 돌아오지 않았다.

"금목걸이를 제일 비싸게 사 주는 곳을 찾느라 늦으시는 건가?"

소소생이 순진한 생각을 하고 있을 때, 휘익 바람이 불었다. 바닥에 떨어진 종이 한 장이 날아와 소소생의 발 앞에 떨어졌다. 종이에 방금까지 본 얼굴이 그려져 있었다. 철불가가 뜯어서 버렸던 본인의 용모파기였다.

"금불가잖아!"

종이에 그의 이름은 철불가요, 아주 흉포하고 극악무도한 해적이니 필히 관청에 신고하라고 쓰여 있었다.

"해적? 해적? …… 해적!"

믿고 싶지 않았다. 소소생은 넋을 잃은 사람처럼 '해적'이란 소리만 반복했다.

그런 자인 줄도 모르고 고래눈이 준 금목걸이를 덥석 넘겼다니. 얼마나 바보 같은 짓을 저지른 것인가. 뼈저린 후회가 밀려왔다. 아둔하게 사기인 줄도 모르고 마지막 희망이었던 금목걸이를 날리다니. 소소생은 스스로가 구제불능에 답도 없는 인간처럼 여겨졌다. 사람들 말처럼 난 정말 재능도 없고 재수도 없는 놈이었을까. 뭘 해도 안 되는 놈인데, 성공하겠다고 허황된 욕심을 부렸던 것일까. 어쩌자고 그 귀한 금목걸이를 줬단 말인가.

눈앞이 캄캄하고 앞날이 암담했다. 바보 같은 짓을 했다는 생각에 바닷물에 머리라도 박고 싶은 심정이었다. 소소생은 발만 동동 구르다가 용모파기를 다시 봤다. 관청이라는 글자가 눈에 들어왔다.

"관청에 신고……. 그래, 철불가는 해적이니까 수군이 있는 관청에 가자!"

수군을 비판하는 덕담을 해 왔지만 급하니 찾아갈 곳이 수군밖에 없었다. 소소생은 관청으로 허둥지둥 달려갔다.

관청은 여러 채의 기와 건물을 성곽 같은 담벼락이 둘러싸고 있는 곳이었다. 소소생은 높은 담벼락과 관청의 기와지붕을 보고 괜히 오금이 저렸다. 관청은 아무 잘못을 안 해도 인생을 돌아보게 만드는 위압감을 주었다.

소소생은 관청의 문지기를 지나 안으로 들어갔다. 넓은 마당 뒤로 보이는 가장 크고 높은 기와 건물에 이 비장이 앉아 있었다. 이 비장은 의자에 다리를 꼬고 앉아 서라벌 진출 계획을 머릿속에서 굴리고 있었다.

"비장! 비장께 긴히 청할 것이 있습니다!"

소소생은 하도 마음이 다급하여 목소리가 파르르 떨렸다.

이 비장은 눈을 내리깔고 소소생을 봤다. 허름한 옷차림을 보니 공을 세우는 것엔 상관도 없는 귀찮은 일일 듯했다. 이 비장이 부하들에게 턱짓을 하자, 부하 하나가 소소생을 가로막았다.

"돌아가거라. 이곳은 아무나 오는 곳이 아니다."

"제가 우연히 금목걸이를 얻게 되었는데 그것을 철불가라는 자가 훔쳐 갔습니다! 무예가 출중하신 비장께서 그놈을 잡아 주십시오!"

"철불가? 그놈이 사포에 왔다고?"

이 비장이 늘어진 몸을 앞으로 세웠다.

"예! 그 작자가 거짓말로 저를 현혹하여 귀중한 물건을 훔쳤습니다! 제발 잡아 주십시오, 비장!"

"어허, 너 같은 놈한테 귀한 물건이 어찌 있단 말이냐. 거짓을 고하면 벌을 받을 것이다."

고래눈이 줬다고 말할 순 없었다. 수군은 해적 중에서도 백성들이 의적이라 부르며 따르는 고래눈을 잡으려고 혈안이었다.

"그… 그게 덕담 값으로 받았습니다. 제 목숨보다 귀한 것이니 제발 되찾아 주십시오!"

소소생은 눈물이 날 뻔한 것을 꾹 참았다. 말을 하다 보니 억울함이 더욱 북받쳐 올라왔다.

어찌 된 영문인지는 모르겠으나 소소생의 표정을 보아하니 거짓
은 아니었다. 이 비장은 머리를 굴렸다. 철불가가 이곳에 왔다면, 해
적을 잡는 데 도움이 될 정보를 줄지도 모른다. 그놈을 찾으면 서라
벌에 진출하는 계획에 이용할 수 있을 것이다.

"좋다! 놈을 잡아 주지. 어디서 봤는지 정확히 고해라."

그 말이 뛸 듯이 반가웠던 소소생은 넙죽 엎드렸다.

"예! 그 도둑을 잡아만 주시면 비장께 이 은혜 잊지 않고 갚겠
습니다!"

이 비장은 소소생에게 철불가를 마지막으로 목격한 장소를 들
은 뒤 부하를 대동하여 관청을 나갔다.

황금 같은 노을이 지고 바다에 어둠이 찾아왔다. 밤이 되자 시
장은 낮과는 다른 모습으로 변신했다. 술과 고깃국, 차를 파는 가
게가 늘어나고, 상인들은 먹거리와 술을 내놓았다. 술에 취한 사람
들의 노랫소리와 고성이 오가는 가운데, 그 틈을 타 조용히 사포에
배를 대는 자들이 있었다. 흑삼치와 부하들이었다.

흑삼치는 해적선을 조금 떨어진 곳에 정박하고 작은 배를 내려
사포로 들어왔다. 흑삼치와 부하들은 사람들의 눈을 피해 모자를
쓰거나 두건을 둘러 얼굴을 가렸다. 흑삼치가 이곳에 잠입한 이유
는 단 하나였다.

"철불가……."

흑삼치가 읊조렸다.

과거의 악연만으로도 죽여 마땅한데 그놈을 쫓다 장인이란 괴물에게 부하들까지 잃었다. 생각할수록 분노가 치밀었다.

흑삼치는 부하들에게 철불가를 잡아 오라고 명했다.

그 말을 들은 신입 해적이 옆에 있는 선배 해적에게 물었다.

"그런데 흑삼치 님은 왜 저리 철불가를 못 죽여 안달인 게요?"

"쉿! 그 더러운 이름을 입에 올렸다간 네 주둥이가 썰릴 것이다."

선배 해적은 행여나 흑삼치가 들을세라 신입의 방정을 단속했다.

"죄… 죄송합니다."

"장보고는 개밥과 같고."

선배 해적이 말했으나 돌아오는 답은 없었다.

"그게 무엇입니까? 정말 장보고가 개밥처럼 생겼습니까?"

신입 해적이 맹한 얼굴로 답했다.

"에라이 멍청한 놈아! 해적들의 인사도 모르느냐? 우리 해적들은 '장보고는 개밥과 같고'라고 인사를 해 오면, '그 자식들도 개같이 생겼다.' 하고 받아쳐야 한단 말이다. 그것도 모르고 해적이 되겠다고 찾아온 것이냐?"

"그렇습니까! 몰랐습니다."

"이것도 모르는 놈이니 흑삼치 님의 그 사건도 모르는 게 당연하겠구나. 흑삼치 님도 쉬쉬하고 싶어 하는 일이니, 너도 듣고는 기억에서 바로 지워 버려야 할 것이다. 벌써 1년 전 일이다."

선배 해적은 밤하늘의 달을 올려다보며 그날을 떠올렸다.

"그는 아버지 장보고를 여의고 청해진에서 맺은 인연으로 여러 물건을 내다 팔았다고 했다. 장보고의 후손이라는 이름은 상인들에게 믿음의 보증 같은 것이었거든. 그렇게 성공한 그의 인생역전 이야기에 우리는 홀딱 넘어가 버렸지. 그때 그자가 본색을 드러내었다. 진주를 바치라고 하지 뭐냐. 자신이 아닌 다른 곳과 거래하면 숨겨진 장보고의 후손들과 찾아와 복수할 것이라고 했다.

흑삼치 님은 놈을 죽이려 했으나, 부끄럽게도 부하였던 우리가 만류하였다. 죽었어도 장보고는 장보고였기 때문이지. 그의 이름에 우리는 다리를 후들후들 떨었다. 결국 흑삼치 님은 그에게 약탈한 진주를 전부 바쳤고 그는 나룻배를 타고 떠났다. 진주가 어찌나 무거운지 그의 배가 절반은 바다에 잠겨서 가더구나. 멀어져서 그자가 보이지 않게 되었을 때에야 우리는 놈의 진짜 정체를 알게 되었다. 악명 높은 해적 철불가였던 거야!"

선배 해적은 아직도 분한지 말하면서 목소리를 떨었다.

"철불가가 장보고의 숨겨진 아들이었단 말입니까?"

"이 멍청한 놈아! 그게 아니라 철불가가 장보고의 아들이라고 속이고 우리 진주를 훔쳐 달아났단 말이다! 우리는 몸집을 불려 자만했던 탓이었는지, 철불가의 악랄한 농에 넘어가고 말았어. 철불가가 워낙 감쪽같이 변장을 한 데다 출생의 비밀이 밝혀지는 순간을 어찌나 감질나게 이야기하던지 깜빡 속은 거지. 흑삼치 님은 철불가에게 당했단 사실에 크게 자존심이 상하셨는지 놈을 잡아 기필코 복수하리라 다짐하셨다."

"철불가란 놈은 정말 무시무시한 놈이로군요."

신입 해적이 고개를 끄덕였다.

"잡담은 그만하거라. 이제 놈을 찾아 나설 시간이다. 가자!"

흑삼치가 낮은 목소리로 말했다.

부하들은 입을 다물었다. 신입 해적은 선배 해적의 이야기를 가
슴 깊이 새겼다. 철불가는 절대 엮여선 안 될 놈이라는 사실을.

흑삼치와 부하들은 철불가를 찾아 어둠 속으로 스며들었다.

5

소소생은 이 비장이 돌아올 때까지 잠자코 기다렸다. 해가 뉘엿
뉘엿 넘어가 밤이 되도록 기다렸지만 이 비장도 철불가도 돌아오
지 않았다.

소소생은 불안하고 초조하여 관청 입구에 나가 서성였다. 드디
어 이 비장과 같이 나갔던 부하들이 돌아오고 있었다. 소소생이
얼른 다가가 물었다.

"이 비장께선 언제 오십니까? 철불가는 잡았습니까?"

"비장께선 안 오신다. 냉큼 돌아가거라. 괜히 앞에서 걸리적거리
지 말고."

"예? 어째서 안 오시는 겁니까? 어디 계시는지만이라도 알려 주
십시오!"

소소생이 간절히 매달리자 부하 하나가 귀찮아하며 고급 술집

을 귀띔해 주었다. 소소생은 뭔가 이상하다는 생각이 들어 한걸음
에 그 술집으로 달려갔다.

소소생 같은 백성은 난생처음 보는 으리으리한 술집이었다. 마
루가 땅에 붙어 있지 않고 계단 위에 있는 정자 형식의 커다란 집
이었다. 계단을 올라가면 마루와 방이 여럿 나오고 창문마다 발이
드리워져 있었다. 소소생은 계단을 올라가 방마다 이 비장이 있는
지 확인하고 다녔다.

"이번엔 비장 차례요!"

짜증나도록 익숙한 목소리가 들렸다. 철불가였다.

"역시 이 비장께서 잡으신 거야! 다행이다!"

소소생은 기뻐서 소리가 나는 방으로 달려갔다. 들어가도 되는
지 확인도 않고 다급히 방으로 들이닥친 소소생은 눈앞의 광경에
할 말을 잃었다. 이 비장과 철불가가 불콰해진 얼굴로 술을 마시
며 노닥대고 있었다.

포석정을 본떠 만든 작은 연못 같은 술상의 물길을 따라 술잔이
둥둥 떠다녔고, 철불가와 이 비장은 번갈아 가며 술잔을 집어 마
시고 있었다. 술상에는 육포와 양고기, 고깃국에 강정까지 윤기가
흐르는 고급 음식이 정갈하게 놓여 있었다. 창문으로 보이는 밤바
다와 불어오는 바람이 술맛을 더해 주었다.

"어허, 끝까지 비우란 말이오!"

철불가의 재촉에 이 비장이 목을 한껏 젖혀 술잔 하나를 단숨
에 들이켰다. 잔을 다 비웠다는 뜻으로 머리에 잔을 털어 보이기

까지 했다.

두 사람의 단란하고 오붓한 모습에 소소생은 어이가 없었다.

"비장! 철불가가 여기 있는데 무엇을 하십니까? 이자를 잡으셔야 하지 않습니까!"

소소생이 물었다.

"응? 네놈은? 어디서 봤는데? 누구더라?"

철불가가 소소생을 보더니 술에 취해 꼬부라진 혀로 말했다.

"아! 그 순진해 빠진 부자 놈이구나! 비장, 이놈이 말이오, 장인이란 괴물을 잡아다 준다니까 냉큼 금목걸이를 갖다 바치지 뭐요. 장인이 얼마나 무서운 놈인데. 사람도 잡아먹는 시커먼 거인을 어찌 잡는다고. 글쎄, 그 말을 믿더라니까요! 하하하하."

"저 부자 아니에요. 마음이 부자란 소리였단 말입니다! 내 목걸이는 어쨌어요? 금목걸이 말입니다!"

"꺼억. 이 안에 있지! 그리고 이 비장의 배에도 있고! 하하하!"

철불가가 볼록하게 나온 배를 가리키며 웃었다. 철불가는 금목걸이를 잘 아는 장물아비에게 두둑한 값을 받고 팔았다. 그리고 자신을 찾아온 이 비장에게 금목걸이를 판 재물 일부를 뇌물로 주었다.

이 비장과 철불가는 사실 잘 아는 사이였다. 이 비장은 해적을 잡지 못한다면 뇌물이라도 챙기자는 생각으로 몇몇 해적들과 얼굴을 터서 주기적으로 뇌물을 받아 왔다. 이 비장은 철불가가 재수 없긴 했지만 술을 마실 때만큼은 재밌는 술 동무라고 생각했다. 철불가는 재주가 많아 술을 마시면 재밌는 묘기를 부리고, 진위를 알 수 없으나 기이한 괴물 이야기도 안줏거리로 들려주었다. 귀족 사이에 유행하는 고급스러운 음식이나 놀이도 잘 알고 있어 이 비장과 통하는 게 많았다. 무엇보다 눈치가 빨라 제 알아서 적당히 뇌물을 바치는 게 제일 좋았다. 게다가 큰 건수가 생기면 연락을 하기로 하였으니 참으로 괜찮은 술친구였다.

소소생은 말문이 막혔지만, 간신히 입술을 떼어 철불가를 추궁했다.

"어디에 팔았습니까? 그거라도 알려 주세요!"

"이미 배 타고 떠났다, 이놈아. 늦었어."

"비장! 안 잡으시고 뭐 하십니까? 이자는 사기꾼에 못돼 먹은 해적이란 말입니다!"

"어른 앞에서 시끄럽구나! 내가 철불가를 조사해 보니 아무 죄가 없었다. 증거가 없는데 뭘 어떻게 잡으란 것이냐? 애초에 그런 사기를 당하는 놈이 멍청한 거다. 네가 무슨 덕담꾼이 되겠다고 분에 안 맞는 욕심을 부리니까 당하는 거라고. 인생 공부했다 생각하고 감사히 여겨라. 이 생에는 되찾을 수 없을 터이니 포기하고 돌아가 발이나 닦고 자란 말이다."

이 비장은 안주로 나온 값비싼 육포를 질겅질겅 씹으며 소소생을 비웃었다.

분하고 수치심이 들어 소소생의 얼굴이 벌겋게 달아올랐다. 포기하고 돌아갈까 발길을 돌리는 순간 시루떡을 준 오누이가 생각났다. 자신의 덕담을 듣고 오누이가 웃어 줬을 때 느낀 벅참과 희열이 떠올랐다.

난 재능이 없는 게 아니다. 그 아이들이 웃어 줬다. 그러니 덕담을 계속해 나갈 것이다. 여기서 포기하면 이 비장의 말처럼 멍청한 놈이 된다.

소소생은 입술을 꽉 깨물었다.

"팔아서 받은 그 값만큼 나한테 돌려주세요. 빚을 진 거나 마찬가지니 어서 갚으라고요."

"뭐?"

철불가는 아까와는 다른 소소생의 눈빛과 기세에 움찔 놀랐다.

'어라, 이 녀석 귀찮겠는데.'

철불가가 방문을 가리켰다.

"어? 장인이다!"

소소생과 이 비장이 방문을 돌아봤다. 철불가는 그 사이 바다 쪽으로 난 창문으로 훌쩍 뛰어내렸다.

"앗!"

소소생은 또다시 허접한 철불가의 속임수에 넘어갔다는 생각에 주먹을 쥐었다. 창문으로 달려가 밖을 내려다보니, 땅에 내려선 철불가가 바다를 향해 유유히 도망치고 있었다.

"도둑 잡아요! 도둑이요!"

소소생이 외치며 철불가를 따라 창으로 뛰어내렸다.

킬킬대며 술잔을 비우던 이 비장은 돌연 중요한 사실을 깨달았다. 철불가에게 해적들의 정보를 얻지 못했다는 것과—

"아! 철불가! 술값은 네가 낸다며!"

—라는 깨달음이었다.

철불가는 소소생과 이 비장을 따돌리고 가벼운 발걸음으로 바닷가를 거닐었다.

"역시 바다는 밤이 최고지."

오늘따라 별빛이 밝아 바다를 보기 좋았다. 밀려오는 얕은 파도를 바라보며 헤실헤실 웃고 있는데, 누군가 뒤에서 일격을 가했다.

"윽."

단 한 번의 공격으로 철불가는 중심을 잃고 쓰러졌다. 뒤통수가 아렸다.

"그래, 밤이 최고지. 네놈의 목을 따기에 말이야."

낮고 음산한 목소리에 철불가는 식은땀을 흘렸다. 천천히 고개를 돌리니 흑삼치가 살벌한 얼굴로 철살도를 들고 부하들과 서 있었다.

"네놈 때문에 괴물에게 죽은 부하들이 여럿이다. 피는 피로 갚아야 하는 법."

흑삼치의 눈빛이 증오로 번뜩였다.

"잡아라."

흑삼치는 부하들에게 명했다.

솔개날이 있었다면 잡히지 않았을 터인데. 철불가는 술에 취해 비틀거리며 흑삼치의 부하들에게 맥없이 붙잡혔다.

"철불가아아아아아아아! 멈춰라!"

소소생이 저쪽에서 달려왔다. 뜻밖에 쓰러진 철불가와 그를 둘러싼 해적 무리를 본 소소생은 어안이 벙벙해졌다. 무슨 상황인지 몰라 당황한 소소생은 발을 삐끗해 넘어지고 말았다.

흑삼치는 넘어진 소소생 위에 발을 올리고 말했다.

"이놈도 잡아라."

6

소소생과 철불가는 목에 밧줄이 걸린 채 배의 난간에 섰다. 커다란 괴물 물고기가 입을 벌리며 바다에서 뛰어올랐다.

"으아아아! 저리 가! 저리 가세요!"

어찌나 무서운지 소소생은 물고기에게 존댓말이 나왔다. 괴어는 몸집이 수레만큼이나 컸고, 머리에는 창처럼 기다란 하얀 뿔이 달려 있었다. 놈들은 소소생과 철불가가 떨어지기를 기다렸다. 뾰족뾰족한 창이 바다 위에 무수히 솟은 것처럼 보였다.

흑삼치는 소소생과 철불가를 처형하려고 해적선에 태워 바다로 나왔다. 소소생은 철불가와 모르는 사이라고 선을 그었지만 흑삼치는 들어 주지 않았다. 어쨌든 철불가와 아는 놈이니 같이 죽이겠다며 소소생도 해적선으로 끌고 왔다.

흑삼치가 바다 밑의 괴물 물고기를 보며 말했다.

"이것들은 적각어다. 적색 뿔을 가진 물고기란 뜻이지. 흰색 뿔인데 왜 적색 뿔이라고 말하는지 아느냐? 저놈들의 뿔에 찔리면 꼬챙이처럼 꿰어서 산 채로 죽을 때까지 끌려다녀야 하거든. 하얀 뿔이 피로 물들어 적색이 된다고 해서 적각어라 한다. 뿔에 꽂혀 장기를 관통당한 채 이놈 저놈에게 뜯어 먹힌다니. 차라리 죽는 게 나을 정도라나? 하하하."

어둠 속에서 싸늘하게 웃는 흑삼치는 별명처럼 정말 저승사자 같았다. 소소생은 다리가 바들바들 떨려 하마터면 난간에서 미끄러질 뻔했다. 그 모습을 보고 흑삼치의 부하들이 배를 잡고 웃었다. 눈이 어둠에 익으니 정말로 적각어의 뿔이 피로 물들어 붉은 색인 것이 보였다. 덩치가 큰 놈일수록 뿔에 사람의 잘린 팔다리가 산적 꼬치처럼 많이 꽂혀 있었다. 적각어가 펄떡거릴 때마다 잘린 팔다리도 꿈틀꿈틀 살아 있는 것처럼 보였다.

"네놈들을 쉽게 죽일 수는 없지. 밤새 벌벌 떨며 제발 죽여 달라고 애원하게 만들어 주마."

흑삼치는 소소생과 철불가가 겁에 질리도록 두고 부하들과 선실로 들어갔다.

흑삼치의 의도대로 소소생의 얼굴은 하얗게 질려 갔다. 뿔에 꽂혀 팔 하나, 다리 하나씩 뜯어 먹힐 생각을 하니 너무 무서워 토할 것 같았다.

"별빛이 아름다우니 해적질하기 좋은 날이구나."

철불가는 촉촉한 눈으로 하늘을 올려다봤다. 철불가는 별빛을 머금은 밤하늘과 바다가 주는 낭만이 좋았다.

"반짝이는 별을 보면 때 묻지 않았던 순수했던 시절로 돌아간 것 같거든. 너도 어서 저 하늘을 눈에 담아 두거라."

철불가의 그윽한 눈동자에 별빛이 가득 담겼다. 소소생이 보기에 철불가는 태어날 때부터 때가 탄 얍삽한 인간 같았다. 그런 작자가 때 묻지 않은 시절을 운운하며 죽기 직전에 별을 담아 두라고 하다니. 너무 무서워서 정신이 어떻게 된 게 아닐까, 아니면 술이 덜 깬 것일까. 반짝반짝 눈물을 글썽이기까지 하는 철불가를 보니 화병이 날 것 같았다.

"해적한테 죽기 좋은 날이겠죠! 말이 되는 소리를 하시라고요!"

열일곱 인생이 이렇게 피지도 못하고 지는구나. 소소생은 화가 나서인지 답답해서인지 복잡한 마음에 눈물을 주르륵 흘렸다.

"왜 우는 것이냐?"

"안 울게 생겼습니까? 왜 당신 때문에 나까지 끌려와 죽어야 하는데요, 왜요! 박준희 선생님처럼 덕담꾼으로 빛도 못 보고, 연모하던 여인과 연애 한번 못 했는데! 이게 내 인생의 마지막이라니."

소소생은 꺼이꺼이 울기 시작했다. 성공도 못 해 보고, 죽기 전에 고래눈도 한 번 더 못 보고. 이런 털보 주정뱅이 사기꾼이랑 죽어야 하다니. 정말로 억울했다.

"다 큰 사내가 그리 울면 쓰나. 한데 참말이냐? 진짜 연애를 한 번도 못 했단 말이냐? 여인의 손도 못 잡아 봤고? 첫사랑 이런 것도 못 해 봤다고?"

철불가는 믿을 수 없다는 눈으로 물었다. 어딜 가나 염문을 뿌리던 철불가로선 소소생이 장인보다 희귀해 보였다.

"……네."

"안됐구나."

철불가의 몇 안 되는 진심이었다.

동정받았다는 생각에 기분 나빠진 소소생이 마구 따졌다.

"당신 때문이에요. 내 금목걸이를 멋대로 사기 쳐서 팔아 버리고, 저승사자 흑삼치에게 잡혀 오게 하고. 이게 뭐냐고요! 당신이 내 인생을 끝낸 거라고요!"

따지다 보니 억울한 마음이 점점 커졌다.

철불가는 갸륵해하는 표정으로 말했다.

"내가 누구냐? 잘라도 다시 자라나는 불가사리, 그중에서도 철로 된 철불가사리, 해서 철불가 아니냐? 포기하지 않으면 어떻게든 목숨을 이어 갈 기회가 보인다 이거야. 알겠니?"

"갑자기 인생 어른인 척하지 마세요."

소소생은 기분이 상해 툭 쏘았다. 누구 때문에 이 지경이 됐는데 어디서 위로하는 척하는지 기분이 나빴다. 사실 더 기분 나쁜 건 그런 철불가의 말에 조금은 정말로 위로를 받았다는 것이었다. 소소생은 타고나기를 오래도록 남을 미워하질 못했다.

아, 나는 왜 이리 쉬운 남자일까. 천하의 원수 같은 자여도 저렇게 말해 주니 또 마음이 한결 나아졌다. 소소생이 말했다.

"……정말 살아 나갈 수 있을까요? 만약에 그러면 진짜 그 괴물,

장인이 있는 섬으로 데려가 주세요."

"알았다."

"진짜죠?"

"그래, 진짜야. 어차피 우린 여기서 죽을 거니까."

"아니, 포기하지 말라면서요. 살 기회가 보일 거라고!"

"그런데 안 보인다."

철불가가 암울한 얼굴로 말했다.

대체 무얼까, 이 답 없는 작자는. 소소생은 조금이라도 위로받았던 것을 물리고 싶었다.

흑삼치가 선실에서 나왔다.

'올 것이 왔구나.'

소소생은 눈을 질끈 감고 생의 마지막 순간을 기다렸다.

"네놈을 어떻게 처형할까 고민했는데 말이야."

흑삼치는 철불가의 목에 걸린 줄을 잡아당겼다. 캑캑 철불가가 목이 졸려 바둥대자 흑삼치가 웃으며 말했다.

"철불가 네놈을 한 번에 죽이는 건 너 때문에 목숨을 잃은 부하들에게 면이 안 서거든. 그래도 특별히 아량을 베풀어 세 가지 선택지를 주기로 했다. 목에 달린 밧줄을 당겨서 목이 졸려 죽든지, 밧줄을 풀고 바다로 떨어져 적각어에게 꼬치 고기가 되든지, 아니면 나의 철살도에 잘근잘근 고기처럼 다져지든지."

흑삼치는 이 순간을 즐겼다. 꼴 보기 싫은 인간의 목숨을 좌지우지하는 쾌감을 좋아했다. 괜히 저승사자로 불리는 게 아니었다.

게다가 오랫동안 벼르던 철불가를 죽이는 날이니 이번 생에서 가장 즐거운 순간 중 하나가 아닐까 생각했다.

"컥컥. 내가 아냐. 장보고라고 속인 건 스승이 시킨 거라고. 컥."

"뭐?"

흑삼치는 잡아당겼던 밧줄을 놓아 숨은 쉴 수 있게 해 줬다.

"네가 날 죽이고 싶어 하는 게 장보고 때문인가 본데."

"어허 이놈! 재수 없게!"

흑삼치의 부하들은 바다에 퉤 침을 뱉었다. 장보고가 죽은 지 오래됐으나 아직도 해적들은 그의 이름에 치를 떨었다. 그 불길한 이름을 듣는 날에는 재수가 없고 일진이 사나워 목숨을 잃기 십상이라고 생각했다.

"난 사실 스승이 시킨 대로 했을 뿐이야."

철불가가 말했다.

"스승? 거짓말하지 마. 너 인성 파탄이라 혼자 다니잖아."

"상처받게 왜 이래. 우리 스승님이 얼마나 무시무시하고 잔인한지 알아? 어찌나 감쪽같이 자기 모습을 숨기는지, 눈앞에 두고도 모르지?"

"눈앞……?"

소소생과 흑삼치는 누구를 말하는 것인지 두리번거리다 눈이 마주쳤다.

"이 꼬마가?"

"제가요?"

흑삼치와 소소생이 동시에 물었다.

"야, 장난하냐? 이게 미쳤나? 아직도 그딴 헛소리에 넘어갈 것 같아?"

흑삼치가 철살도를 꺼내 당장이라도 베어 버리려 하자 철불가가 급하게 말했다.

"진짜야. 진짜라니까! 여기 계신 소소생 님이 스승이라고. 난 스승님에게 거짓말을 배우는 제자야. 우리 계통이 거짓말을 잘하는 쪽이거든. 소소생 님이 이렇게 순진하게 생겨 놓고 뒤에서 다 조종한다니까. 난 꼭두각시일 뿐이야."

"네놈들이 진짜 계파가 있다면 어느 쪽인지 이름을 대 보거라."

"에, 그러니까……. 덕담계야. 덕담계 해적이지. 덕담이 우스운 허튼소리를 하는 거잖아? 그래서 우린 거짓말을 해 대야 해. 나도 내가 장보고의 숨겨진 자식이라는 출생의 비밀을 꾸며 대긴 싫었어. 그런데 어떡해, 스승이 시키는데. 해적은 두령이 시키면 따라야 하는 거 아니겠어? 우린 두령과 부하가 아닌, 스승과 제자로 묶여 있지만 말이야."

철불가는 소소생을 보고 즉석에서 지어냈다. 저렇게 술술 말도 안 되는 소리를 지어내는구나. 내가 아까 저런 소리에 넘어갔다니. 소소생은 황당함을 넘어서 감탄이 나왔다.

"아니에요! 전 저 사람 모릅니다! 저는 철불가한테 사기를 당한 피해자라고요."

"우리가 비록 둘뿐이나 덕담계라는 해적 계파 중 하나인데 이렇게 호로록 없앤다고? 그래도 해적 계파 하나를 없애는 일인데 널리 알려야 하지 않겠어? 무슨 선행을 하는 것도 아니고, 왜 뒤에서 몰래 하려 들어? 뭐, 바다 건너에선 좋은 일을 하려거든 오른손이 하는 일을 왼손이 모르게 하라고 했다지만. 해적들에게 나쁜 짓은 왼손 오른손 왼발 오른발 다 알게끔 해야 하지 않나, 이 말이야!"

"나불대지 말고 결론만 말해."

"그러니까 다른 해적들도 다 부르잔 거지. 어차피 소소생 님도 나도 죽을 건데, 이왕이면 세력이 제일 큰 해적들이 보는 앞에서 죽고 싶다 이거야. 그럼 흑삼치 자네에게도 영예로운 일 아니겠나? 요즘 바다전갈이 부쩍 동해를 넘본다던데, 그놈 앞에서 우리를 죽이면 흑삼치 자네의 위상도 올라갈 것 아닌가."

흑삼치는 머리가 아팠다. 확 죽여 버릴걸. 진짜인지 가짜인지 들을수록 헷갈린단 말이야. 괜히 혀를 놀리게 돼서 정신만 혼미해졌다. 이럴 땐 본능대로 해야 옳다. 흑삼치는 더 이상 망설이지 않고 철살도를 꺼내 들었다.

하지만 부하들이 나섰다.

"흑삼치 님! 저놈이 말하는 게 거짓이라 해도 바다전갈과 고래 눈 앞에서 죽이는 것이 이득이긴 합니다. 그 유명한 철불가를 죽이는 것 아닙니까."

"바다전갈이 요즘 자꾸 우리 쪽 바다를 넘보던데 이번 기회에 확실하게 보여 주죠. 누가 바다의 왕인지!"

"맞습니다! 공개 처형 하시죠!"

마음 같아선 철불가를 당장 죽여 버리고 싶지만, 우리 계통을 생각하면 다른 해적들 앞에서 죽이는 게 나을 터였다.

흑삼치는 증오를 억누르고 철살도를 칼집에 넣었다.

"전갈을 날려라."

7

흑삼치의 부하들은 휘파람을 불어 괴물 새, 마명을 전령조로 데
려왔다. 마명은 제비처럼 검푸른 몸통에 하얀 배를 가졌는데, 꼬리
는 밧줄처럼 가늘고 길어 비행하는 모습이 마치 연을 날린 것 같았
다. 본디 마명은 산이나 들에 살며 거센 바람에는 잘 날지 못하지
만 흑삼치가 길들인 마명은 달랐다. 몸이 가벼워 한번 바람을 타면
줄 끊어진 연처럼 그 어떤 새보다 높고 멀리 날 수 있었다.

흑삼치는 덕담계라는 해적 계파 하나를 없애려 하니 공개 처형
에 참석해 달라고 종이에 적어 마명의 꼬리에 묶었다. 마명은 긴
꼬리를 휘날리며 바람을 타고 바다전갈과 고래눈에게 날아갔다.

새벽이 되었으나 하늘은 아직 어두웠다. 철불가와 소소생은 해
적선 난간에서 돛대로 옮겨졌다. 소소생은 적각어에게 관통당해
죽어 가는 것보다는 낫다고 여겼다.

"대체 왜 그런 거짓말을 하는 거예요?"

"왜긴. 시간을 벌려고 그런 것이지. 그 덕에 술기운도 슬슬 깨고."

"다 죽게 생겼는데, 술은 깨서 뭐 하시려고요?"

"살아서 장인 잡고 싶은 게 아니더냐?"

"혹시 무슨 도리가 있습니까?"

소소생이 눈을 빛내며 물었다.

"아니, 없다. 해적 무리가 셋이나 모였는데 죽을 일밖에 없지 않
겠느냐."

"그럼 왜 해적들을 부르라고 하신 겁니까!"

"나도 모르겠구나. 술에 취해서인지 달빛에 취해서인지. 후후."

"아아아, 진짜!"

소소생은 짜증이 나서 돌아 버릴 것 같았다. 술에 취한 사기꾼
이랑 무슨 대화를 한단 말인가.

멀리서 둥둥둥 북소리와 뿌우뿌 웅장한 뱃고동 소리가 들려왔
다. 해를 등지고 핏빛처럼 강렬한 적색 돛을 단 해적선 여러 척이
나타났다. 해적선의 돛대와 난간마다 달아 놓은 깃발에는 독침 꼬
리를 바짝 세운 붉은 전갈이 그려져 있었다. 바다전갈의 해적선
이었다.

세 척의 해적선이 선두에 있었다. 오른쪽 배에선 뱃머리에 선 부
하들이 커다란 자라 등껍질을 북처럼 방망이로 두드렸고, 왼쪽 배
에선 부하 열댓이 얼굴만 한 소라를 하나씩 들고 악기처럼 불었다.
북처럼 쓰인 자라 등껍질은 일반적인 자라와 생김새가 조금 달랐

다. 굉장히 두껍고 특이한 모양이었으며 몸집도 사람 대여섯이 들어야 할 정도로 컸다.

"여전히 시끄러운 인간이군. 괴물 자라를 잡아서 북으로 쓰다니. 크기를 보아하니 새끼를 잡아 놓고 저리 대단한 척 생색을 낸단 말이야. 쯧쯧."

철불가가 혀를 차며 말했다. 철불가의 말에 따르면 원래 괴물 자라는 사람 수십 명이 들어도 못 들 정도로 크고 무겁다고 했다. 뭐든 화려하고 요란한 걸 좋아하는 바다전갈이 커다란 괴물 자라는 잡지 못하고, 새끼를 죽여서 자랑하려고 북으로 쓴다는 것이다. 아무리 괴물이어도 새끼를 죽이다니. 소소생은 괴물 자라가 조금 불쌍했다.

왼쪽 배에선 괴물 소라 소리가 뿌우 하고 들려왔는데 동물 울음 같기도 하고 음악 같기도 했다. 듣고 있자니 겁이 많은 소소생조차 용기가 불끈불끈 솟는 것 같았다. 소라에서 나는 소리로 부하들의 사기를 올리는 듯했다.

세 척의 해적선 중 가운데 배에 키가 크고 몸이 날렵한 남자가 나타났다. 머리를 가슴팍까지 길렀고 이마에는 띠를 두르고 있었다. 옆으로 쭉 찢어져 치켜 올라간 눈은 부리부리했고 코는 화살처럼 날카로웠다.

"저자가 바다전갈!"

소소생이 말했다. 덕담을 할 때 상상했던 얼굴과 조금 느낌이 달랐다.

바다전갈은 상의를 입지 않고 허리에 두르고 있었는데, 드러난 상반신에는 잔근육이 탄탄하게 잡혀 있었으며 곳곳에 격투의 흔적이 남아 있었다. 장갑과 장화 모두 손가락, 발가락이 보이는 것을 착용한 것이 눈에 띄었다.

바다전갈이 어찌나 매섭게 생겼는지 소소생은 눈만 마주쳐도 말을 더듬을 것 같았다. 한편으론 아무리 먼 바다에 새벽이라지만 저리 요란하게 나타나도 되는 건가 의아했다.

요란했던 바다전갈과 달리 소박한 해적선 한 척이 어느새 옆에 다가와 있었다. 돛과 선체 모두 푸른빛이 돌았다. 해적선에 달린 하얀 깃발에는 푸른 고래 문양이 있었는데, 고래의 눈은 발광하는 구슬처럼 그려져 있었다.

"고… 고래눈!"

소소생이 상기된 얼굴로 말했다.

고래눈의 해적선에는 스무 명 가량의 해적들이 있었다. 소소생을 비웃었던 범이도 보였다.

바다전갈이 공중제비를 돌아 흑삼치의 배로 뛰어내렸다. 그의 부하 둘도 바다전갈을 따라서 흑삼치의 해적선에 내려섰다.

고래눈과 범이는 언제 건너왔는지 어느새 흑삼치 뒤에 서 있었다. 기척 없이 나타나는 게 고래눈의 장기 같았다.

흑삼치와 바다전갈, 고래눈이 삼각형으로 서서 서로를 노려보았다. 팽팽한 긴장감이 돌았다.

"장보고는 개밥과 같고."

흑삼치가 운을 떼듯 말하자,

"장보고의 자식도 개같이 생겼다."

바다전갈이 걸걸하고 낮은 목소리로 말했다.

두 사람은 해적식 인사로 대화를 시작했다. 해적들은 죽은 장보고의 망령에서 벗어나지 못하고 있었다. 이런 식으로라도 장보고에게 당한 것을 풀어야 했다. 서로 바다의 왕이네 어쩌네 하며 잔뜩 폼을 잡아도 해적들은 뒤끝이 길고 깊은 인간들이었다.

"고래눈은 왜 안 하지? 이런 인사는 촌스럽다 이건가?"

바다전갈이 비아냥거렸다.

"장보고가 우리의 적이긴 했으나 욕하고 싶진 않소."

고래눈이 말했다.

"장보고 덕에 노예를 매매하는 놈들과 우리 백성을 괴롭히던 왜구도 소탕하지 않았소."

"잘난 척은 여전하군. 해적이면 해적답게 노략질이나 할 것이지, 무슨 의적이랍시고 백성들에게 재물을 나눠 주나? 우린 매일 목숨을 내놓고 바다에 나가는데, 누구는 겉멋이나 부리려 바다에 나가는가 보군."

흑삼치가 말했다.

고래눈은 흑삼치의 도발을 눈썹 하나 까딱 않고 무시했다.

"무슨 급한 일이라고 감히 귀한 몸을 오라 가라 했느냐?"

바다전갈이 흑삼치에게 눈을 부라렸다.

"무슨 일인지는 보낸 전갈에 쓰여 있을 터인데 읽을 줄을 모르

는 거요? 기억력이 안 좋아 까먹은 거요? 하긴 제집인지 남의 집
인지 분간도 못 하고 동해를 넘보려 하니, 늙은이가 기억력이 나
빠진 것이겠지."

흑삼치가 말하자 부하들이 하하하 큰소리로 웃었다.

"뭐가 어째?"

바다전갈이 불같이 화를 냈다.

"흑삼치 네가 철불가한테 사기를 당했다더니 충격이 커서 헛소
리를 하는구나."

그 말에 흑삼치의 부하들이 스릉 칼을 꺼내 들었다. 소소생은
그제야 흑삼치가 왜 이리 철불가를 못 죽여 안달인지 이해가 되
었다. 겪어 보니 철불가라는 자는 어딜 가나 원수를 만드는 인간
같았다.

"됐다. 은퇴해야 할 노인네가 해적이랍시고 떠드니 불쌍하지 않
으냐. 봐줘라."

흑삼치가 여유 있게 웃으며 부하들을 물러서게 했다.

"어딜 봐서 노인네라는 게야? 겨우 열 몇 살 차이 주제에. 어리다
고 까불다간 큰코다칠 거다."

흑삼치와 바다전갈은 금방이라도 싸울 듯이 노려보았다. 팽팽한
긴장감이 돌았다. 이러다간 또 해적들끼리 전쟁이 날지도 몰랐다.
뒤에서 지켜보던 고래눈이 나섰다.

"그만들 하시고 본론이나 들어가지요. 바다는 넓고 노략질할 시
간은 부족하니. 공개 처형이라니 무슨 말이오?"

"내가 아주 몹쓸 놈을 잡았거든. 따라오시게."

흑삼치가 기세등등하여 바다전갈과 고래눈에게 돛대에 묶인 철불가와 소소생을 보여 주었다.

"철불가!"

바다전갈과 고래눈이 외쳤다. 고래눈은 철불가 옆에 있던 소소생을 알아보았으나 잠자코 있었다.

"철불가를 어찌 잡았나? 이놈을 죽이는 건 내가 하려 했는데!"

바다전갈이 허리춤에 찬 단검의 손잡이를 만지작거렸다.

"말하자면 길다오. 한데 철불가가 하는 말이 자기는 제자이고, 옆에 있는 이 애송이가 덕담계라는 해적의 스승이라지 뭐요. 이놈들을 확 죽여 버릴까 했으나 그래도 해적의 한 계파 전체라니, 공개 처형을 하는 것이 낫겠다 생각해서 불렀소."

"아닙니다. 전 덕담계도 아니고 해적도 아닙니다! 그저 한낱 덕담꾼일 뿐입니다. 고래눈께서 제가 덕담하는 것을 보았습니다!"

소소생이 지푸라기라도 잡는 심정으로 고래눈을 보며 말했다.

"정말인가?"

흑삼치가 고래눈과 범이를 돌아보았다.

범이가 답했다.

"고래눈 형제와 사포 시장에서 이놈이 덕담하는 것을 보았소."

고래눈은 같은 해적을 모두 형제라 여겼고 두목이니 대장이니 하는 대신 이름을 부르라고 했다. 하지만 범이와 부하들은 존경의 의미를 담아 그냥 이름만 부르지 않고 꼭 고래눈 형제라고 불렀다.

"그래? 그때도 철불가가 옆에 있었느냐?"

"없었으나 지금 생각해 보니 수상하긴 했소. 이놈이 하는 덕담은 엄청나게 재미가 없었거든. 해적인 걸 숨기려 덕담꾼으로 위장한 것이라면, 왜 그리 재미없었는지 이해가 되기도 하고."

"아닙니다! 비록 재미없는 덕담이지만 저는 덕담꾼이 맞습니다. 고래눈께서 저에게 덕담이 쓸 만하다며 그 값으로 금목걸이도 주셨단 말입니다."

"그게 고래눈이 준 거였어?"

철불가가 얄밉게 물었다.

"그러니 제가 어디에 팔았냐고 물은 것 아닙니까!"

소소생이 억울해서 말했다.

"그걸 팔았단 말이냐?"

고래눈이 실망한 얼굴로 물었다.

"앗! 그… 그게 아니라, 철불가가 팔아 치운 것입니다."

소소생이 변명하듯 기어 들어가는 목소리로 말했다.

"그렇습니다. 소소생 님이 비싼 돈을 받고 팔아 오라고 시켜서 팔았습니다."

철불가는 이때다 싶어 또 소소생을 끌어들여 거짓부렁을 늘어놓았다.

소소생은 철불가가 왜 이러는지 정말 미칠 노릇이었다. 소소생이 고래눈을 보며 필사적으로 외쳤다.

"아닙니다! 전 정말로 그냥 덕담꾼입니다. 제발 저의 억울함을 알아주십시오."

고래눈이 보기에 소소생은 진실을 말하는 것 같았다.

"이 자리에서 즉석으로 덕담을 시키는 게 어떻겠소? 그걸 듣고 이놈이 철불가와 같은 해적인지 아닌지 판단하는 거요."

고래눈이 흑삼치와 바다전갈에게 묘안을 내놓았다.

고래눈의 말에 소소생은 살 구멍이 생기는 것 같았다. 소소생의 얼굴에 생기가 돌자 소소생을 못마땅히 여기던 범이가 말했다.

"고래눈 형제, 저놈의 말을 믿으시는 겁니까? 저놈은 철불가와 한패인 아주 음흉한 작자입니다!"

범이는 처음부터 소소생이 마음에 들지 않았다. 고래눈을 바라보는 소소생의 눈빛이 깊어 보였던 것이 싫었다.

"어딜 봐서 음흉하다는 거요? 내가 재밌는 덕담을 하면 될 것 아니오?"

소소생이 욱해서 말했다.

철불가는 술도 깰 겸 소소생과 해적들이 하는 말을 지켜보았다. 상황이 아주 재밌게 돌아가는 것 같았다.

바다전갈이 주머니에서 십사면체의 나무 주사위를 꺼냈다.

"좋다. 주령구*를 돌려서 나오는 대로 덕담을 해 보거라. 재밌다면 덕담꾼으로 인정해서 살려 주고, 재미없으면 네 혓바닥부터 독에 담가 죽여 주마. 이건 멀리 서역에서 가져온 전갈의 독을 모아

---

* 주령구: 십사면체로 된 통일 신라 시대의 주사위로, 각 면에 다양한 벌칙이 새겨져 있다.

만들었지. 이 독 한 방울이면 네놈의 몸은 불에 타 죽은 것처럼 시커멓게 변해서 죽을 것이다."

바다전갈이 허리춤에서 독이 든 약병을 꺼내 흔들었다.

소소생은 검은색 독약이 출렁거리는 것을 보고 입술을 악물었다. 혀를 잘못 놀렸다간 저 독약을 마시고 죽게 될 것이었다.

바다전갈이 주령구를 던졌다.

또르륵. 주령구가 해적선 나무 바닥을 구르다가 고래눈의 발 앞에서 멈췄다. 범이가 바닥의 주령구를 주웠다.

"이름이라 쓰인 면이 나왔습니다."

"좋다. 그럼 우리 이름을 가지고 덕담을 해라. 고래눈이 네놈을 살려 주고 싶은 듯하니 고래눈부터 시작하지."

흑삼치가 말했다.

소소생은 하필이면 좋아하는 고래눈의 이름으로 덕담을 해야 한다는 사실에 심장이 떨렸다. 머리가 하얗게 변한 것처럼 아무 생각도 나지 않았다. 허나 목숨이 달린 일이니 없는 순발력이라도 끌어모아야 했다.

"그, 그럼 고래눈으로 이름 삼행시를 짓겠소. 삼행시는 이름의 앞 자를 따서 시를 짓는 것이오. 운을 떼 주시오."

소소생이 말하자, 범이가 못마땅한 얼굴로 운을 뗐다.

"고—"

"고지식하고"

"래—"

"애늙은이 같고"

"눈—"

"눈치 없는 인간."

해적선에 정적이 흘렀다. 끼룩— 끼룩— 날아가던 갈매기가 우는 소리만이 들렸다. 덕담의 주인공인 고래눈의 안색이 돌연 변했다. 고래눈은 인상을 쓰진 않았으나 기분이 좋진 않은지 눈썹을 꿈틀거렸다.

"이놈이 감히 고래눈 형제를 고지식하고 애늙은이 같고 눈치 없다고 말해? 네놈을 살려 주려고 기회를 주신 것인데 이따위로 갚는단 말이냐? 네놈의 저급한 성질을 보니 철불가와 같은 해적 패거리가 맞구나!"

범이가 욱해서 소소생의 목에 칼을 대고 성을 냈다.

이게 아닌데. 소소생은 왜 하필 그런 덕담을 했을까 주둥이를 손으로 때리고 싶었다.

"이건 연습이었습니다. 다시 해 보겠습니다. 기회를 주십시오."

"하하하. 고래눈한테 그런 면이 있긴 하지. 좋다. 그럼 흑삼치 이름으로 덕담을 해 보거라."

바다전갈이 호탕하게 웃었다.

잔뜩 얼어붙은 소소생은 생각할 틈도 없이 입에서 튀어나오는 대로 덕담을 했다.

"흑삼치에게 철불가는 잊고 싶은 역사이니, 이것을 흑역사라 부르는 것이 어떻겠습니까?"

"네놈이 정녕 철살도에 죽고 싶은 게냐?"

이번엔 흑삼치가 철살도를 꺼내 소소생의 목에 대었다. 소소생의 목에 범이의 칼에 이어 흑삼치의 철살도까지 날아들었다. 두 개의 칼날에 조금이라도 힘을 주면 목이 댕강 잘릴 위기 상황이었다. 철살도가 어찌나 날카로운지 살갗에 닿기만 했는데도 칼날에 핏방울이 또르르 맺혔다.

어째서 자꾸 이런 말이 튀어나오는 것일까. 소소생은 혓바닥을 깨물고 싶었다.

"하하하. 이놈이 생각보다 재주가 있구나."

바다전갈이 호탕하게 웃었다.

"흥. 남의 이야기라고 웃음이 나오는 모양이군. 소소생이라고 했던가. 이제 바다전갈로 해 보거라."

흑삼치가 음산한 목소리로 살벌하게 말했다.

"바다전갈은 전갈을 받아도 읽지 못하니, 너무 늙어서 눈이 안 보여서 그렇다오."

소소생이 말하자 흑삼치와 부하들이 키득키득 웃었다.

바다전갈은 두 눈을 사납게 뜨고 양쪽 허리에서 단도 두 개를 꺼냈다.

바다전갈은 단도로 소소생의 목을 긋는 시늉을 하며 말했다.

"이 칼이 네 목을 스치기만 해도, 칼에 바른 독이 네놈을 죽일 것이다! 우리 같은 해적을 소재로 약점을 잡고 희롱을 해? 우리의 사정을 잘 아는 것을 보니 역시 네놈은 덕담꾼이 아니라 덕담계 해적이 확실하다!"

"제가 재미없다는 비난을 다 듣고도 덕담꾼이라고 하는데, 왜 제 말을 믿지 않으십니까. 저는 정말 덕담꾼이란 말입니다!"

소소생이 억울해서 눈시울을 붉혔다. 고래눈 삼행시는 되는대로 말하다 얻어걸린 셈이었고, 흑삼치와 바다전갈의 이야기는 방금 그들이 대화하는 것을 듣고 덕담 소재로 삼으려고 기억해 두었다가 말한 것이었다. 재미가 없다고, 해적들의 약점을 잘 안다고 흉악한 덕담계 해적으로 오해받다니. 보통 억울한 게 아니었다.

"너처럼 하는 게 덕담이면 나도 하겠다! 네 이름이 소소생이니, 그럼 너는 소소한 허튼 생각을 하는 놈인 게냐? 자 봐라, 내가 더 재밌지 않으냐?"

범이가 말했다.

이럴 수가. 소소생이 봐도 범이가 하는 말장난이 더 재밌었다. 이런 게 타고난 재능이란 건가. 소소생은 충격을 받고 아무 말도 못했다.

"그래. 차라리 저게 더 재밌구나. 이놈들을 처형하는 것에 동의한다!"

바다전갈이 말했다. 바다전갈은 남을 풍자할 땐 재밌다고 웃어 놓고, 막상 제 나이를 가지고 덕담을 하니 심사가 뒤틀렸다.

바다전갈은 나이에 민감했고, 흑삼치는 철불가에게 속은 것에 민감했다. 고래눈 역시 재미없는 성격이 항상 고민이었다. 그녀도 흑삼치처럼 다른 해적들과 호쾌하게 잘 어울리고 싶었지만 낯을 가리는 성격 탓에 그러지 못했다. 이것들을 꼬집어서 소소생이 덕담의 소재로 삼으니 해적들은 울컥 화가 치밀었다. 덕담이란 것이 본디 우스운 허튼소리를 하는 것이고, 우스운 소리가 되려면 약점을 꼬집어 풍자해야 맛이었다. 하지만 이를 모르는 해적들은 처음 보는 애송이가 이런 덕담을 하니 무척 자존심이 상했다.

바다전갈과 흑삼치는 소소생과 철불가를 처형하는 데 동의했고, 고래눈의 결정만 남았다. 고래눈은 소소생이 배고픈 오누이에게 떡을 양보한 것을 떠올리며 결정을 보류하고 있었다.

"철불가와는 모르는 사이입니다! 제발 믿어 주십시오. 제발 살려 주십시오."

소소생이 몸부림치며 빌었다. 그러자 주머니에서 곱게 접힌 종이 하나가 툭 떨어졌다.

범이가 종이를 주워서 펼쳐 보니, 수군이 붙이고 다녔던 고래눈의 용모파기였다. 아까 시장에서 몰래 뜯어서 간직하고 있던 것이었다.

"이것 보십시오! 고래눈 형제를 수군에게 팔아넘기려고 이걸 가지고 다닌 것 아닙니까!"

"그게 아닙니다!"

"그럼 왜 이걸 몸에 지니고 있었던 것이냐."

"그건……."

소소생은 고래눈을 좋아해서라고 차마 말하지 못했다. 멋지게 고백도 못했는데, 이렇게 마음을 들켜 버리면 너무 바보 같다고 생각했다. 그것도 저 범이란 놈 앞에서 고래눈을 향한 고백은 절대 할 수 없었다. 행여 차이더라도 조금 더 멋있는 곳에서 고백하다 차이고 싶었다.

"내가 사람을 잘못 보았구나."

고래눈조차 고개를 돌렸다.

서로 못 죽여서 안달이던 해적들은 철불가와 소소생의 목숨을 놓고 처음으로 만장일치를 보았다.

흑삼치가 철살도를 바짝 갖다 대며 말했다.

"처형을 거행한다."

8

"죽기 전에 마지막으로 남길 말은 없느냐."

흑삼치가 철불가에게 물었다. 푸르스름한 새벽 달빛에 반사되어 철살도의 칼날이 시퍼렇게 빛났다.

"없다. 이토록 별빛이 아름다우니, 이런 밤에는 세상에서 가장 위대하고 강한 해적의 손에 제일 잔인하게 죽고 싶구나."

철불가가 말했다.

"미쳤습니까? 곱게 죽어도 시원찮을 판에 가장 센 해적한테 제일 잔인하게 죽임당하고 싶다니요!"

소소생이 철불가를 말렸으나 소용없었다.

"누구냐, 우릴 죽일 가장 센 해적이?"

철불가가 말하자 흑삼치의 부하들이 웃으며 답했다.

"말 한번 잘했구나! 우리 흑삼치 님이 딱 그런 분이시니!"

"잠깐!"

바다전갈이 앞으로 나섰다.

"일자무식인 해적이라고 하나 말은 바로 해야지. 가장 강하고 센 해적은 나, 바다전갈 아니더냐!"

"너도 장보고의 자식이냐? 어디서 개소리를 지껄이느냐? 가장 힘이 센 해적은 우리 흑삼치 님이시다!"

흑삼치의 부하가 칼을 꺼내 들고 바다전갈에게 다가갔다.

"감히 바다의 왕, 나 바다전갈에게 장보고의 자식 같다는 욕지거리를 하다니. 내가 열을 센 후면 네놈의 주둥이는 두 번 다시 열리지 못할 것이다!"

바다전갈은 손을 펴서 흑삼치 부하의 얼굴을 때렸다. 끝이 보라색으로 물든 손톱을 쫙 세워서 흑삼치 부하의 입술을 할퀴었다.

"으윽!"

흑삼치의 부하가 비틀거렸다.

바다전갈이 뒤로 물러서 숫자를 세기 시작했다.

"하나. 둘. 셋. 넷. ……아홉. 열."

바다전갈에게 긁힌 흑삼치 부하의 입술이 부글부글 끓어오르더니 이내 입술과 살가죽이 흘러내렸다. 부하는 해적선 바닥을 구르며 고통스러워했다. 그는 녹아내린 입술이 하나로 합쳐지며 곧 죽어 버렸다. 순식간에 벌어진 일이었다.

범이가 다가가 시신을 살폈다. 얼굴의 상처에서 독한 유황 냄새가 났다. 범이가 고래눈에게 말했다.

"독입니다!"

바다전갈이 보라색으로 변한 긴 손톱을 까딱거리며 웃었다. 손톱에 독을 발라 두었던 것이다.

"내가 말하지 않았느냐. 저 주둥이가 다시는 열리지 않게 해 주겠다고."

"감히 나의 배에서 나의 부하를 해쳐? 해적이라 해도 남의 집에 왔으면 손님답게 조용히 있어야지. 네놈이 명을 재촉하는구나! 피는 피로 갚아야 하는 법. 네놈의 오만한 목을 베어 주마."

흑삼치가 서슬 퍼렇게 말했다.

스릉. 흑삼치의 부하들이 일제히 칼을 꺼내 바다전갈의 목을 겨눴다. 그러자 바다전갈의 해적선에서 보고 있던 부하들이 흑삼치의 배로 뛰어들었다.

"졸개 주제에 감히 우리 바다전갈 님에게 칼을 겨눠?"

바다전갈과 흑삼치의 부하들이 서로에게 칼을 겨누었다.

"잠깐 멈추시오."

고래눈이 말렸지만 아무도 듣지 않았다. 바다전갈과 흑삼치의 부하들은 오히려 고래눈과 범이에게도 칼을 겨누었다.

"죽여라!"

"싸워라!"

바다전갈과 흑삼치의 명령에 부하들이 맞붙었다.

챙! 챙!

칼이 부딪힐 때마다 불꽃이 튀었다. 바다전갈은 흑삼치 부하들의 다리를 걷어찼다. 바다전갈의 발톱에 발린 독이 흑삼치 부하들의 다리를 긁자, 이들은 피를 토하며 넘어졌다.

"이 미친 영감탱이! 저승사자가 누구인지 직접 보여 주마."

흑삼치가 낮은 목소리로 말했다. 흑삼치는 철살도를 바다전갈에게 휘둘렀다. 바다전갈은 몸을 뒤로 굴려 철살도를 피했다.

고래눈과 범이는 바다전갈과 흑삼치 부하 양쪽에게 공격받았다. 고래눈이 오합도의 단검을 두 개씩 양 손가락에 끼웠다. 왼쪽에선 바다전갈의 부하들이, 오른쪽에선 흑삼치의 부하들이 달려왔다. 고래눈은 훌쩍 몸을 날리며 양손의 단검을 동시에 날렸다.

파파파팟.

달려오던 적들은 다리와 팔에 단검을 맞고 쓰러졌다. 고래눈은 오합도의 검집에서 가장 큰 칼을 꺼내 바다전갈의 단도를 막았다.

"일어나거라!"

철불가가 몸을 일으키며 외쳤다.

돛대에 묶인 소소생은 갑자기 벌어진 해적들의 싸움에 놀라 입을 다물지 못했다. 소소생은 얼결에 철불가를 따라 일어섰다. 돛대에 묶인 채 일어선 철불가와 소소생을 보고 해적들이 칼을 들고 달려왔다. 그때 철불가가 주저앉아 버리자 양쪽에서 달려오던 해적들은 자기들끼리 부딪혀 서로를 칼로 찌른 채 죽었다.

철불가는 해적 시체의 손에 들린 칼을 재주 좋게 발로 끌어와 돛대에 꽂았다.

"여기에 대고 줄을 비벼라. 내 뭐라 했느냐, 정신만 차리면 어떻

게든 살아 나갈 기회가 보이는 법이다. 이놈들이 싸우는 틈을 타 달아나야 한다."

"어째서 싸움을 붙인 겁니까?"

소소생은 사방에 널린 해적 시신을 보고 겁에 질렸으나, 철불가의 말대로 일어섰다 앉았다를 반복하며 칼날에 줄을 비볐다. 슥슥 슥 소리가 나며 줄이 조금씩 잘려 나갔다.

"바다전갈은 제가 제일 힘이 세고 위대한 해적이라는 망상에 사로잡힌 놈이다. 그걸 이용하면 불같이 화를 내며 싸움을 시작할 줄 알았지. 흑삼치라면 이때를 노려 바다전갈과 고래눈을 없애고 동해를 확실하게 제 것으로 만들고 싶어 할 것이라고 생각했다. 그래서 해적들을 다 불러 공개 처형을 하라고 부추긴 게다."

철불가의 말에 소소생은 손가락 한 마디만큼의 존경심이 솟아났다.

"그 짧은 시간에 그걸 생각하신 겁니까?"

투둑. 마침내 소소생과 철불가를 묶고 있던 줄이 잘렸다.

"다 풀렸다! 가자."

철불가는 소소생을 데리고 해적선 구석에 있는 작은 배로 달려갔다. 그 배는 흑삼치와 해적들이 해적선에서 탈출해야 하거나 길이 좁은 섬으로 들어갈 때를 대비해 가지고 있는 것이었다.

해적들은 누구랄 것도 없이 서로를 공격했다. 수십 명의 해적이 동시에 날뛰니, 배에 있던 횃불이 갑판에 떨어져 순식간에 불이 붙었다. 바람을 타고 불은 곧 배 전체로 번져 나갔다.

"불이다! 불이야!"

"물을 가져와라!"

다급한 외침에 흑삼치가 소리쳤다.

흑삼치 부하들이 양동이를 가져와 바닷물을 퍼 왔다. 시커먼 연기 속에서 콜록콜록 기침을 하며 배를 둘러보았다. 철불가와 소소생이 잡혀 있던 돛대가 비어 있었다.

"철불가가 사라졌다!"

돌아보니 철불가와 소소생이 구석에 있던 작은 배를 바다로 밀고 있었다.

"들켰다! 서둘러야 한다!"

철불가는 있는 힘껏 배를 바다로 밀어 빠트렸다.

풍덩.

배가 바다에 뜨자 철불가가 냉큼 몸을 바다로 던졌다. 하지만 흑삼치가 달려와 철불가의 발을 붙잡았다. 그 사이 소소생이 먼저 배로 몸을 던졌다.

소소생은 철불가를 두고 배를 타고 도망쳐야 하나 망설였다.

"소소생! 나를 잡아당겨 다오!"

소소생은 잠시 망설였지만, 곧 두 팔을 뻗어 철불가를 힘껏 잡아당겼다.

"장인 약속 지키십시오!"

콜록콜록. 흑삼치의 부하들이 불을 끄느라 진을 빼고 있었다. 부하 하나가 몸에 불을 붙인 채 바닥을 뒹굴었다.

"제기랄!"

흑삼치는 철불가를 잡았던 손을 놓고 돛 하나를 얼른 찢어 불이 붙은 부하에게 달려갔다.

"덕담계 해적이 달아난다!"

범이가 외쳤다.

"싸움은 멈추고 철불가와 덕담계 해적 두령 소소생을 잡는다!"

흑삼치가 말하자 바다전갈과 고래눈이 고개를 끄덕였다.

고래눈과 범이, 바다전갈과 부하들은 각자 해적선으로 돌아갔다.

세 개의 해적 계파가 소소생과 철불가가 탄 작은 나룻배를 쫓기 시작했다. 소소생이 팔이 빠져라 노를 저었지만 흑삼치의 거대한 해적선을 따돌리는 것은 불가능했다. 급박한 상황에서 철불가는 나룻배의 머리에 서서 어두운 새벽하늘을 보고 있었다.

"빨리 노를 젓지 않고 무얼 하십니까?"

"별빛을 보고 있다."

"아직도 술이 덜 깨신 겁니까? 지금 해적들이 우릴 죽이려고 쫓아오는데 별 구경이라니요!"

철불가는 대답하지 않고 초롱초롱한 눈으로 한참 동안 하늘을 보더니 노를 젓기 시작했다.

"됐다!"

철불가가 뱃머리를 왼쪽으로 틀었다. 그러자 얼마 후 하얀 암초 더미가 나타났다. 철불가는 하얀 암초 사이로 들어갔다.

소소생은 암초 사이에서 작은 무덤 같은 것을 몇 개 보았다. 대체 이곳은 어디란 말인가.

"마녀묘다! 절대 놓쳐선 안 된다! 잡아라!"

흑삼치가 외쳤다.

"놈들이 마녀묘로 들어가기 전에 잡아야 한다! 화살을 쏴라!"

바다전갈의 명령에 부하들이 독을 바른 화살을 철불가가 탄 배를 향해 쏘았다.

후두두둑. 독화살이 나룻배에 날아와 박혔다. 노를 젓던 소소생과 철불가의 가랑이 사이에도 화살이 꽂혔다.

바다를 보니 물고기들이 독화살을 맞고 죽어 둥실 떠오르고 있었다. 얼마나 센 독약인지 스치기라도 했다면 즉사했을 터였다. 그 생각을 하니 소소생은 침이 바싹바싹 말랐다.

"도망 말고 다른 방법은 없습니까? 이러다 진짜 죽겠습니다!"

"기다려 봐."

철불가가 느긋하게 말했다.

"무엇을 말입니까?"

소소생은 팔이 떨어져 나갈 것처럼 열심히 노를 저었다. 암초 사이의 좁은 길로 나룻배가 들어서자마자 휘이잉 돌풍이 불었다. 눈을 뜨기 힘들 만큼 바람이 세졌다.

고래눈의 머리카락이 사방으로 나부꼈다. 난데없는 바람에 흑삼치도 눈을 뜨기 힘들었다. 바다전갈은 팔을 들어 얼굴로 불어닥치는 바람을 막았다.

그 순간, 하늘과 바다 사이에 하얗고 기다란 것이 나타났다.

"……백룡?"

소소생은 눈앞에 나타난 것을 믿기 힘들어 혼잣말을 했다. 하지만 분명히 백룡이었다. 온몸이 하얀 용이 용오름을 일으키며 바다에서 동이 터 오는 하늘로 솟아오르고 있었다.

"장 낭자다! 장 낭자가 나타났다!"

해적들이 외쳤다. 해적들은 혼비백산하여 배를 반대쪽으로 몰기 시작했다.

"후퇴하라!"

고래눈의 배가 가장 먼저 물러섰다. 가장 작은 배이기에 거친 풍랑에 뒤집히기 쉬웠다.

"역시 소소생이란 놈은 엄청난 해적이구나. 철불가를 제자로 둔 데다 마녀묘로 도망치다니. 장 낭자의 원혼도 두려워하지 않는단 말인가. 지독한 놈이 분명하다."

바다전갈도 한시바삐 후퇴했다.

흑삼치는 철불가를 잡았다가 놓쳤다는 사실이 분했으나 부하들의 목숨을 잃게 할 순 없었다.

"돌아간다!"

흑삼치도 퇴각 명령을 내렸다.

"해적들이 도망치고 있어요!"

해적들이 뱃머리를 돌리는 것을 보고 소소생이 외쳤다. 하늘로 날아오르던 백룡이 몸을 틀어 철불가와 소소생이 탄 나룻배로 빠르게 다가왔다.

"으아악!"

센 바람과 높은 파도에 소소생은 두 눈을 뜰 수 없었다. 풍랑이 높이 일며 타고 있던 나룻배가 거꾸로 뒤집혔고, 바닷물이 비처럼 쏟아지면서 파도가 나룻배를 집어삼켰다. 바다에 회오리가 이는 것처럼 지독한 바람이 불더니 소소생과 철불가가 탄 나룻배는 파도에 힘없이 휩쓸렸다.

소소생과 철불가가 반파된 배에 겨우 매달려 파도에 이리저리 휩쓸리는 사이, 구름 사이로 해가 나기 시작했다. 지독하게 어두운 새벽이 가고 아침이 온 것이다. 백룡도, 바다전갈과 흑삼치, 고래눈도 모두 사라지고 없었다.

"이게 어떻게 된 겁니까? 아까 그 백룡은 무엇이고요?"

"장 낭자다. 이곳은 마녀묘라는 곳이다. 장보고가 죽고 나서 그의 딸 장 낭자가 원한이 깊어 죽지도 않고 괴물이 되어 떠도는 곳이지."

"장 낭자? 마녀묘요?"

"장 낭자의 무덤이 이곳 마녀묘에 있는데, 장 낭자는 날이 안 좋을 때마다 백룡으로 변신해 불을 뿜어 해적들을 죽인다고 하더구나. 그래서 해적들은 이 마녀묘를 특별히 꺼린다."

"그럼 방금 본 백룡이 장 낭자의 원혼이었단 말입니까?"

소소생은 온 몸에 소름이 돋았다.

"별자리를 잘 관찰하면 이 마녀묘를 찾을 수 있지. 별자리를 보면 바닷길을 알 수 있거든. 나 정도 되는 해적이나 알 수 있는 아주 특별한 비법이야."

철불가는 잘난 척할 기회가 있으면 놓치지 않고 해 대는 편이었다.

"자, 이제 돌아가 볼까."

"돌아가다뇨?"

"사포로 가야지. 이런 무덤에서 더 할 게 있겠느냐."

"장인이 있는 섬으로 데려다주셔야죠!"

"거참, 까먹지도 않았느냐? 장인이 얼마나 무시무시한 놈인지 실제로 보면 당장 도망치고 싶을 텐데. 그래도 가야겠느냐?"

"제가 당신 목숨을 몇 번이나 살려 드린지 아십니까? 해적이면 해적답게 약속을 지키십시오! 저는 꼭 장인을 잡아야 합니다. 그래야 고래눈의 오해를 풀고 덕담꾼으로 성공도 할 수 있단 말입니다!"

"알았다 알았어! 나도 그곳에 두고 온 게 있으니. 가자, 가!"

철불가는 소소생의 고집을 꺾지 못했다. 이런 순박한 놈들이 한번 외고집을 부리면 목숨도 건다는 것을 철불가는 경험을 통해 알고 있었다. 게다가 소소생에게 약속한 것도 맞고, 솔개날을 찾으러 가야 하는 것도 맞았다. 설마 장인을 만나기야 하겠냐며, 그놈을 만나면 솔개날만 들고 내빼면 그만이란 생각에 철불가는 부서진 배를 동쪽으로 돌렸다.

그렇게 소소생은 철천지원수 같은 철불가와 함께 장인이 산다는 동쪽 섬을 찾아 노를 저었다.

9

"그러니까 쇠뇌를 크게 만들겠단 것이냐?"

김 대사가 이 비장에게 물었다.

"그렇습니다, 대사."

김 대사의 집은 요즘 신라 귀족 사이에서 유행한다는 고상식 구조로 되어 있었다. 마루가 땅에 붙어 있지 않고 떠 있어 계단으로 오르내리는 형태였다. 이 비장이 철불가와 갔던 비싼 술집이 바로 그 구조였다.

김 대사는 높은 마루에 앉아 이 비장을 내려다보았다. 이 비장을 집으로 불러 해적 소탕 계획을 물어보는 중이었다. 이 비장이 계단을 올라가 무기 제작자가 그린 쇠뇌 설계도를 김 대사에게 보여 주었다.

"쇠뇌를 삼 척(1척은 대략 30cm) 정도의 크기로 만든다면 화살의 위력이 거대한 바위를 뚫을 정도로 막강해질 것입니다. 그러한 화살을 동시에 열 개나 쏠 수 있으니 제아무리 먼 바다에 있는 해적선이라 해도 화살에 관통당해 큰 타격을 입을 것입니다."

김 대사가 해적을 소탕할 재원을 제공하겠다고 했을 때 이 비장은 부하들을 시켜 최고의 무기 제작자를 찾았다. 무기 제작자는 이 비장에게 거대한 쇠뇌를 만들면, 두꺼운 화살 열 개를 한 번에 쏠 수 있다고 했다.

"다섯 척이나 되는 쇠뇌라면 무척 무거울 것인데 어떻게 들고 쏜단 말이냐?"

김 대사가 물었다.

"상에 놓고 쏘면 됩니다. 그래서 상노라 이름 붙였습니다. 상에 바퀴를 달아 수레처럼 만들면, 이리저리 끌고 다니면서 화살을 쏠수 있습니다."

"좋다. 당장 제작에 착수하거라. 필요한 나무와 쇠붙이는 얼마든지 갖다줄 테니 너는 빠른 시일 내에 완성만 하면 된다. 그 설계도는 이리 내놓거라. 조정에 이리 만든다고 보고해야겠다."

심 대사는 이 비장이 바친 설계도를 빼앗듯이 낚아챘다.

"물러가거라."

김 대사가 귀찮다는 듯 손짓하자 이 비장이 고개를 조아리고 김 대사의 집을 나왔다.

"저 여우 같은 인간! 분명히 저 설계도 제가 만든 것이라고 조정에 고하겠지. 상노로 해적이라도 잡는 날엔 그것도 제 공이라 떠

벌릴 텐데, 배 아파서 그 꼴을 어찌 본단 말인가!"

이 비장은 김 대사의 집을 돌아보며 투덜거렸다. 당장 돌아가 김 대사의 그림에 화살 열 개 정도는 쏘아야 화가 풀릴 것 같았다.

하지만 아랫것은 아랫것의 운명을 따라야 하는 법. 김 대사만큼 높은 귀족이 아니니 이 비장이 할 수 있는 일은 한계가 있었다. 김 대사를 벗어나 궁에서 편하게 근무하려면, 해적부터 잡아야 했다. 이 비장은 철불가를 떠올렸다. 가장 먼저 잡아야 할 해적은 철불가 였다. 그놈 때문에 지불한 술값이 얼마였던가. 하필 수라상에나 올 라갈 정도로 비싸디비싼 육포를 시켜서 손해가 막심했다. 철불가 가 바친 뇌물을 전부 내고도 부족했으니 말이다.

상노라는 것만 있으면 솔개날이란 쇠뇌를 가지고 있는 철불가도 독 안에 든 쥐였다. 하물며 솔개날 없는 철불가는 팔다리가 없는 불가사리였다. 팔다리를 잘라내도 다시 자라나는 철불가사리라지 만, 몸통을 상노로 뚫어 버리면 살아날 방도는 없을 것이다.

"그나저나 그놈이 장인이란 말을 했는데."

철불가 하는 말은 대개 거짓이기 때문에 귀담아들을 일이 아니었다. 하지만 장인이라는 거인 이야기는 어쩌나 실감 나던지 꼭 진짜 같았다. 이빨이 톱니처럼 날카로워 뼈를 씹어 먹을 수 있고, 손톱은 갈고리처럼 길고 뾰족해서 무엇이든 관통해 죽일 수 있 다고 했다. 키는 몇 장이나 될 만큼 커서 하늘을 가리고도 남는 다 했다.

만에 하나 철불가의 말이 사실이라면, 장인을 잡는 게 해적을 잡는 것보다 더 엄청난 일이었다. 장인을 잡아서 조정에 고하면, 궁에서 일하는 직위로 승진할 수도 있을 터.

이 비장은 부하들에게 말했다.

"여봐라, 장인이라는 괴물에 대해 알아보거라. 바닷사람들이 들은 헛소문이어도 좋으니 허투루 듣지 말고 모조리 알아 와라."

망망대해에 반쪽짜리 나룻배가 떠다녔다. 소소생과 철불가가 탄 배였다. 장인을 찾아 힘차게 출발을 외쳤으나 쫄쫄 굶은 지 사흘째였다.

"도망칠 때 왜 식량은 훔치지 않은 것입니까."

입술이 허옇게 말라붙은 소소생이 말했다.

"도망치는 게 우선이었다. 살아남았으니 된 것 아니냐."

"굶어 죽게 생겼단 말입니다. 비라도 왔으면 좋겠는데. 물 한 방울도 못 마셔서 죽을 것 같습니다. 근처에 섬은 없습니까?"

"나도 모르겠다……."

철불가는 노를 저을 힘도 없어 배에 드러누웠다. 얼굴은 누렇게 뜨고 볼이 쏙 들어가서 산송장 같았지만, 굶주려 죽어 가는 상황에서 되려 수려한 외모가 더욱 빛을 발하는 것 같았다. 뭐지? 왜 턱선이 더 살아나고 눈이 커져서 더 잘생겨진 거지? 소소생은 무척 짜증이 났다.

"별자리를 보고 바닷길을 읽는다고 잘난 척하더니 섬이 어디 있는지도 모른단 말입니까? 장인국은 어디 있는데요? 무슨 해적이 그렇습니까?"

"시끄럽다. 말할 기운도 없다. 이 근처 어디였을 터인데, 장 낭자의 바람에 휩쓸려 너무 멀리 날아왔을지도 모르지."

소소생은 철불가를 노려보며 남은 힘을 다해 노를 저었다. 덜덜 떨리는 손으로 노를 젓는데 바다에 작은 물고기가 보였다. 물고기는 노랗고 붉은색이 영롱했는데, 등에 지느러미가 뾰족했으며 크기는 손바닥에 들어올 정도로 작았다.

"예쁘다……."

소소생은 홀린 것처럼 바다에 손을 넣었다. 그러자 작은 물고기 몇 마리가 더 몰려들었다. 소소생은 이놈이라도 잡아먹으면 살 것 같아 물고기를 잡으려 손을 휘저었다. 그러다 물고기의 날카로운 지느러미에 손이 닿은 순간…….

"아얏."

손이 칼날에 베인 것처럼 쓰라렸다. 손에서 피가 뚝뚝 떨어지자 바다에 떨어진 피 주변으로 물고기들이 몰려오기 시작했다. 물고기 몇 마리는 펄떡펄떡 나룻배 안으로 뛰어들었다. 물고기의 지느러미가 누워 있던 철불가의 뺨을 스치고 지나갔다.

"아얏! 이게 뭐야?"

드디어 철불가가 몸을 일으켰다. 물고기 수백 마리가 반쪽짜리 나룻배를 에워쌌고, 배고픔에 정신이 나간 소소생은 계속 물고기를 잡으려 바다에 손을 휘젓고 있었다. 그럴수록 손에서 흘러나오는 피 때문에 물고기가 더 모여들었다.

"이 멍청한 놈아! 당장 손 안 빼?"

철불가는 소소생에게 달려들어 손을 바다에서 끄집어냈다.

"왜 그러십니까? 이 물고기라도 잡아먹어야지요! 배를 채우려면 이 많은 놈들을 다 잡아도 모자라다고요!"

"배를 채우는 건 네가 아니라 저 물고기니까 그렇지! 저놈의 지느러미는 칼보다 날카로워서 잡아먹었다간 네 배가 갈라지고 내장이 잘릴 거란 말이다. 저놈들은 한번 떼로 몰려들면 고래도 형체가 없이 사라져 버리는 사나운 괴물이야!"

"헉! 이렇게 작고 예쁜 물고기가요?"

소소생이 식겁하여 배로 뛰어드는 물고기를 노로 쳐서 바다로 밀어냈다. 그러나 이미 피 냄새를 맡고 몰려든 물고기의 수는 점점 많아졌다. 물고기 떼가 몰려들어 배가 나아갈 틈이 없었다.

"무슨 방법이 없습니까?"

"너를 저놈들에게 미끼로 내어 주고 나 혼자 도망치는 방법은 있지."

"뭐라고요?"

"누가 그런다더냐? 그런 방법이 있다고만 말한 거지."

철불가라면 정말 그 방법을 실행할지도 몰랐다.

'내 목숨을 살릴 수 있는 건 나뿐이다. 저런 인간에게 의지해선 안 돼.'

소소생은 있는 힘을 다해 노로 물고기를 쳐 내며 물길을 만들었다. 소소생이 물고기 떼와 사투를 벌이고 있을 때, 철불가가 코를 벌름거리며 몸을 일으켰다.

"어디서 고기 냄새 안 나느냐?"

"땀 냄새와 소금 냄새밖에 안 나는데요? 헛소리 그만하고 일어나서 노를 저으시라고요. 장인 있는 곳으로 데려다준다면서 아무것도 안 하고 있잖아요!"

"아 글쎄. 고기 냄새가 난다니까."

철불가는 쿵쿵거리며 냄새가 나는 곳을 찾아 고개를 돌렸다. 저 뒤에서 파도를 넘어 커다란 닭다리가 날아오고 있었다.

"저길 봐라! 닭다리다! 큼직한 닭고기가 오고 있어!"

소소생이 돌아보고 말했다.

"정신 차리세요. 닭다리가 아니라 시루떡입니다!"

소소생의 눈에는 커다란 시루떡이 날아오는 것으로 보였다. 누가 누구에게 정신을 차리라고 해야 할지 모를 상황이었다.

소소생과 철불가가 바라보는 방향에서 부우웅 소리를 내며 검은 무언가가 바다를 건너 날아오고 있었다.

"하늘에서 닭다리를 내려 주는구나!"

철불가가 날아오는 닭다리를 잡으려 두 팔을 뻗자 작고 물컹한 것들이 철퍼덕 철퍼덕 들러붙었다. 소소생은 눈을 가늘게 뜨고 검은 형체를 자세히 살펴보았다. 가까이에서 보니 그것은 시루떡이 아니라 손바닥만 한 벌레 떼였다.

소소생은 벌레를 보고 놀라 철불가의 뺨을 철썩 때렸다. 그의 뺨에 벌레가 납작하게 들러붙어 죽었다.

"이놈아! 어디 감히 어른의 뺨을 때려?"

"이놈은 닭다리가 아니라 노채충이라는 벌레입니다."

"노채충?"

철불가가 두 눈을 비비고 소소생이 때려잡은 벌레를 보았다. 몸은 두꺼비처럼 생겼고 나비처럼 크고 얇은 날개와 꼬리를 가진 벌레였다.

"어릴 적 옆 마을에서 이렇게 생긴 놈을 본 적이 있습니다. 이 노채충이 사람 몸에 들어가면 일가족이 죽는다고 했습니다. 몸에 들어가면 살과 피, 골수, 신장까지 파먹어서 마을에서 발견된 시신들이 전부 구멍이 뚫리고 비어 있었습니다. 그러니 절대 먹으면 안 되는……."

"두꺼비를 닮았으니 구워 먹으면 개구리구이 맛이 나겠구나! 토실토실 살이 오른 게 실하겠어. 이놈으로 배를 채우자!"

철불가는 소소생의 말을 듣지 않고 입에 노채충을 넣어 버렸다.

"뭐 하시는 겁니까? 뱉으세요! 내장이 파먹혀 죽는다니까요!"

"싫어. 안 뱉을 거야. 나 혼자 다 먹을까 봐 거짓말하는 거지? 나 혼자 다 먹을 거야."

지금껏 여유를 부리던 철불가도 신기루 같은 닭다리를 한번 본 뒤로 완전히 이성을 잃고 말았다. 당장 뭐든지 먹을 수만 있다면 상관없다는 듯, 입안에 노채충을 넣고 오물오물하다 삼키려고 했다. 소소생이 놀라서 철불가의 뒤통수를 노로 딱! 쳤다.

"우엑!"

철불가의 입에서 노채충이 툭 튀어나와 붕 날아올랐다. 그 사이 노채충은 철불가의 몸에서 피를 빨아 먹었는지 분명 갈색이었던 몸이 선명한 붉은색을 띠었다.

"으악! 저놈이 내 목숨 부지할 피도 부족한 마당에 내 피를 빨아 먹어?"

피 맛을 본 노채충은 이제 철불가의 몸으로 들어가려고 집요하게 달려들었다.

"눈 감아요! 입도, 콧구멍도 다 막아요! 이놈들은 사람의 구멍이란 구멍은 죄다 찾아서 몸속으로 들어가려 한다고요."

소소생이 외쳤다. 철불가는 입을 막고 손으로 콧구멍을 막고 눈을 감았다. 노채충 떼는 철불가의 몸에 벌 떼처럼 달라붙어 괴롭히기 시작했다.

"으악! 살려 줘!"

꿀 발린 몸에 벌 떼가 뒤덮인 것처럼 노채충이 소소생과 철불가의 몸을 덮었다. 새까맣게 들러붙은 노채충 때문에 중심을 잡고 서 있기도 힘들었다.

"물에 뛰어들어!"

철불가가 용기를 내어 입을 열었다.

소소생과 철불가는 반파된 배를 버리고 바다에 뛰어들었다.

부웅. 몸에 붙어 있던 노채충 떼가 날아올랐다. 두 사람은 바다에 머리를 집어넣고 잠수를 했다. 그러자 이번엔 아까의 물고기 떼

가 몰려와 소소생과 철불가 곁을 맴돌며 지느러미로 상처를 냈다. 숨이 막혀 바다 위로 얼굴을 내밀면 노채충이 달려들고 잠수를 하면 괴물 물고기가 살갗을 그었다.

이러지도 저러지도 못하며 철불가와 소소생은 노채충과 물고기 떼를 쫓으려 팔만 휘둘렀다. 찰방찰방 물을 튀기며 몸부림쳐도 놈들은 철불가와 소소생을 놓치지 않았다. 온몸에 생긴 상처에서 피가 흐르고 팔다리의 힘이 점점 빠져 더 이상 괴물들을 쫓아낼 힘도 없었다.

소소생은 바다에서 맥없이 정신을 잃어 갔다. 간신히 해적들에게서 도망쳤건만 이렇게 죽는구나. 흐려지는 시야에 옆에서 첨벙대는 철불가가 들어왔다.

'저 인간만 아니었어도……'

소소생이 눈을 감으려던 찰나, 철썩철썩 파도가 요동쳤다. 쿠웅 쿠웅 망치로 머리를 얻어맞은 것처럼 공기가 흔들렸다. 파도의 철썩임이 심해지고 진동이 점차 가까워졌다. 순간 두 사람을 둘러싸고 있던 괴물 물고기 떼가 산산이 흩어졌다. 이들이 물 밖으로 나오기만을 노리던 노채충도 쏜살같이 날아가 사라졌다.

"사, 살았다!"

소소생과 철불가는 극적인 상황에 감격해 서로를 끌어안았다.

쿵.

쿵.

파동이 점점 커지고 진동이 거세졌다.

"잠깐. 여기 낯이 익은 것 같은데……."

철불가가 불길한 느낌에 뒤를 돌아보았다. 두 개의 섬이 뿔처럼 솟아 있고 그 사이로 좁은 바닷길이 나 있었다. 철불가의 머리에 어떤 장면이 스쳤다.

콰과광. 쏟아지는 뇌우.

한 치 앞도 안 보이는 어둠 속.

휘익— 사람들을 공격하던 손톱과 이빨. 거대한 눈알.

기억 속에 각인된 그 장소처럼, 두 개의 뿔 같은 섬과 그 사이로 바닷길이 흐르고 있었다.

바로 그곳이었다.

"설마……, 정말 와 버린 건가."

소소생이 눈을 동그랗게 뜨고 철불가를 바라봤다.

"어딜요?"

후드득 후드득. 찐득한 빗방울이 떨어졌다.

소소생은 얼굴로 떨어진 비를 손으로 닦아 냈다. 손바닥이 시뻘건 색으로 물들었고, 코를 찌르는 지독한 비린내가 진동했다.

"피?"

시꺼먼 털로 뒤덮인 거대한 기둥 두 개가 나타났다. 언뜻 스무 척은 넘어 보이는 커다란 괴물이 두 발로 서서 소소생을 내려다보고 있었다. 시뻘건 비는 까마득하게 높은 위에서 떨어지고 있었다. 누구를 잡아먹었는지 이빨에서 흘러내린 피가 비처럼 떨어졌다. 소소생이 아무리 고개를 들어도 장인의 얼굴은 보이지 않았다.

철불가는 물속에서 의지하고 있던 노를 장인에게 집어 던지고는 혼자 달아나기 시작했다. 찰방찰방 물을 튀기며 도망치려 했지만 커다란 손이 철불가를 잡아챘다.

"으아아아악!"

철불가를 낚아챈 손에는 손톱 끝마다 손가락 인형처럼 사람 머리통 몇 개가 대롱대롱 꽂혀 있었다. 철불가의 모습이 곧 소소생의 시야에서 사라졌다.

"으허업!"

소소생은 비명조차 지르지 못했다.

장인은 곧 소소생까지 낚아채 양손에 먹잇감을 하나씩 쥐었다. 그리고 시커먼 눈동자를 굴려 잔뜩 겁에 질린 소소생과 철불가를 노려보더니, 입에 넣고 꿀꺽 삼켰다.

〈2권에 계속〉

곽재식의

괴물도감

해당 도감의 그림과 설명은 문헌 기록을 참고하였으며,
괴물 수집가로 널리 알려진 곽재식 작가의 상상력과
감수를 토대로 재해석하였음을 밝힙니다.

적각어

수레에 찰 만큼 크다고 하여 대영차라고도 기록되어 있다. 어두운 밤에 보면 기암괴석으로 착각할 정도로 몸체가 두껍고 단단하다. 창처럼 긴 뿔에 먹이를 꿰어 산 채로 뜯어 먹는 습성 때문에 뿔이 피로 붉게 물들어 적각어라고 불린다. 해적들이 포로를 바다에 빠뜨려 죽이는 일이 많아 해적선을 쫓아다니며 먹잇감을 노리는 무리도 있다.

마명조

제비처럼 검푸른 날개를 가졌다. 꼬리는 밧줄처럼 가늘고 길어 비행하는 모습이 마치 연을 날린 것과 비슷하다. 야산이나 들판에 살며 거센 바람에는 잘 날지 못하지만, 일부는 조련을 통해 역풍을 타고 줄 끊어진 연처럼 멀리 비행할 수도 있다. 뛰어난 방향 감각과 귀소 본능을 지녀 꼬리에 서신을 매달아 주고받는 데 사용하기도 했다.

고산나봉

높은 산악 지대에 사는 소라나 조개로 전해진다. 단단하고 뾰족한 껍질에는 사람의 마음을 움직이는 힘이 깃들어 있으며, 속을 발라낸 뒤 악기를 만들어 불면 사기를 높이거나 적을 두렵게 하는 소리를 낼 수 있다. 바다전갈과 같은 해적들은 상대를 공격하기 전에 고산나봉의 껍질로 만든 피리를 불어 전의를 고취시킨다.

별이절대

거대한 자라로, 수십 명이 힘을 합쳐야 들어 올릴 수 있을 정도로 크고 무겁다. 이마 한복
판에 구슬이 박혀 있는데, 밤이 되면 아름답게 빛을 낸다. 물에서 멀어지면 겁을 먹어 머
리를 땅에 처박고 눈물을 흘리며, 행여나 화려한 보석 등을 탐낸 사람에게 해코지를 당
하면 당사자뿐 아니라 그와 관련된 모든 사람을 몰살시킨다. 어떤 해적이 새끼를 잡아다
껍질로 북을 만들었다가 일가족이 전부 바다에 빠져 죽었다는 전설이 전해진다.

백룡

물가에 사는 흰색 용으로 사방에 비바람과 회오리바람을 일으키고, 번개와 천둥, 구름과
안개를 동반하여 나타난다. 엄청난 위력의 돌풍으로 사람은 물론 기와집까지 이웃 마을
로 날려 보낼 수 있을 정도다. 전설에 따르면, 동해의 마녀묘라는 돌섬에 장보고의 딸인
장 낭자의 혼이 백룡의 모습으로 나타나 해적들을 습격한다고 전해진다.

장수피

바닷속에 사는 손바닥만 한 작은 물고기로 등지느러미가 칼날처럼 날카로운데, 몸집이 큰 물고기나 사람이 장수피를 삼켰다간 등지느러미에 내장이 찢겨 죽을 정도이다. 떼로 무리 지어 유영하다가 피 냄새를 맡으면 먹잇감을 사정없이 뜯어 먹는데, 제아무리 큰 고래라 해도 장수피 떼를 만나면 피하기 급급하다.

노채충

두꺼비 같은 몸통에 꼬리가 있고, 나비처럼 크고 얇은 날개가 달린 벌레로, 노채병을 옮긴다. 노채병에 걸리면 기침과 각혈, 두통과 고열에 시달리다가 죽음에 이른다. 노채충은 사람의 온갖 구멍을 통해 몸속에 들어가 장기를 파먹는데, 신장을 파먹으면 검은색, 기름막을 먹으면 흰색, 혈맥을 파먹으면 붉은색 등으로 몸 색깔이 바뀐다.

크리처스 1: 신라괴물해적전

1판 1쇄 인쇄 2022년 7월 25일
1판 1쇄 발행 2022년 8월 11일

글 곽재식, 정은경
그림 안병현

펴낸이 김영곤 **펴낸곳** (주)북이십일 아르테
융합1본부장 문영 **기획개발** 변기석 신세빈 김시은
디자인 박지영
아동마케팅영업본부장 변유경
아동마케팅1팀 김영남 황혜선 이규림 **아동마케팅2팀** 이해림
아동영업1팀 이도경 오다은 김소연 **아동영업2팀** 한충희 강경남 오은희
제작팀 이영민 권경민

출판등록 2000년 5월 6일 제406-2003-061호
주소 (우 10881) 경기도 파주시 회동길 201(문발동)
대표전화 031-955-2100 **팩스** 031-955-2151

ISBN 978-89-509-0846-1 (44810)
　　　978-89-509-0969-7 (세트)